NUVEM ARDENTE

NUVEM ARDENTE

E OUTRAS HISTÓRAS

MARCUS OZI

Labrador

Coordenação editorial Pamela J. Oliveira
Assistência editorial Vanessa Nagayoshi, Leticia Oliveira
Direção de arte e capa Amanda Chagas
Projeto gráfico Vinicius Torquato
Diagramação Emily Macedo Santos
Preparação de texto Lívia Lisbôa
Revisão Sérgio Nascimento

Dados Internacionais de Catalogação na Publicação (CIP)
Jéssica de Oliveira Molinari - CRB-8/9852

Ozi, Marcus

Nuvem ardente : & outras histórias / Marcus Ozi.
São Paulo : Labrador, 2025.
176 p.

ISBN 978-65-5625-906-2

1. Literatura brasileira 2. Autoconhecimento I. Título

25-2612 CDD B869

Índice para catálogo sistemático:
1. Literatura brasileira

Labrador

Diretor-geral Daniel Pinsky
Rua Dr. José Elias, 520, sala 1
Alto da Lapa | 05083-030 | São Paulo | SP
contato@editoralabrador.com.br | (11) 3641-7446
editoralabrador.com.br

SUMÁRIO

APRESENTAÇÃO

Quão solitária é a vida de quem escreve?

Ao longo dos anos, minha mente tem sido habitada por personagens, lugares e histórias que jamais vivi, mas gostaria de ter vivido — ou que vivi e preferiria não ter vivido. Por um livro, rejeitado por mais de trinta agentes literários, mas que segue existindo. Pelo roteiro de um filme, que avança. Por contos e mais contos que se acumulam em um HD. Por dezenas de outros projetos escritos, formatados e pesquisados, mas que ainda não viram a luz do dia.

Escreve-se, reescreve-se, edita-se, descarta-se, começa-se de novo, volta-se ao antigo; enquanto isso, o mar de lixo digital cresce. Arquivos sobre arquivos, textos inacabados, desabafos esquecidos. Versões encadernadas de histórias que nunca existirão e versões não escritas daquelas que, um dia, nascerão.

E la nave va...

Quão solitária é a vida de quem escreve?

Vivemos entre dois mundos. Um mundo onde tudo é possível: rios correm em espirais, gaúchos fantasmas indicam o caminho, mulheres aladas sussurram segredos debaixo d'água e o sol queima eternamente. E outro, onde nada disso é verdade. Ou será que é?

Quão solitária é a vida de quem escreve?

Não saberia responder. Porque, ao mesmo tempo que é, não é. Porque, ao mesmo tempo que cansa, é a única vida que conhecemos. A única que nos permite ser tudo o que queremos ser — e tudo o que nos envergonhamos de ser. Somos como laranjas, esperando a mão que nos esprema e nos transforme em algo que, quem sabe, alguém, um dia, beberá de um só gole. Enquanto isso, esperamos. Sozinhos, talvez. Mas nunca solitários. Porque o mundo que escrevemos é vivo.

Esta coleção de contos poderia se chamar *Enquanto espero*. Mas, por orgulho — ou vaidade —, a chamo de *Nuvem ardente*, nome do penúltimo conto deste livro. A nuvem ardente é um dos sinais que um vulcão dá antes de entrar em erupção. Assim, profetizo minha explosão, para que tudo renasça: mais fértil, mais vivo, mais forte.

Nas páginas seguintes, você encontrará textos escritos entre 2019 e 2024. Textos desesperados, bem-humorados e, por que não, fantásticos — espelhos dos anos que passaram dentro da minha cabeça.

Em *Nigredo*, um homem tenta, de todas as formas, ter controle sobre sua vida, mas se esquece de fazer isso com o corpo, pés no chão e encarnação. Em *Garganta seca*, acompanhamos o mesmo (ou talvez outro) personagem, agora em busca de um copo d'água, enquanto se desfaz de suas fantasias pueris e edipianas. Em *Famara*, escrevi sobre amor — ao próximo, ao mundo, a qualquer coisa que nos consuma por inteiro. Em *As aventuras de Dylan*, uma ode ao arquétipo do herói, que já deveria estar morto há décadas, mas que insiste em renascer das cinzas para um último respiro. Em *Nuvem ardente*, a história de um vulcão. Ou, talvez, de dois.

E, por fim, um desvio. Uma nova linguagem, uma nova história — aquela que nasce depois de todo o fogo, depois da nuvem ardente.

Em *Profundos*, brinco com o universo do livro que venho escrevendo há anos; sim, o mesmo que segue buscando campo fértil para nascer. Aqui você poderá sentir o gosto desse mundo que habita minha cabeça há mais de três anos. *Profundos* é um mapa. Que traça rotas (senão nas páginas, ao menos em minha vida) e aponta para onde quero ir. Para onde navego agora. Quem sabe o aqueça, ao final de leituras talvez angustiantes.

E, por fim, agradeço ao meu eterno livro, aos que ainda vou escrever, aos roteiros, aos cadernos lotados de ideias e a todos os projetos que dormem na minha mesa: eles são os melhores companheiros que eu poderia ter.

NIGREDO

Domingo: nascer, renascer ou morrer

Chovia muito lá fora. Debrucei-me na janela e assisti à rua. Enquanto fumava meu último cigarro, não podia parar de pensar na necessidade vital de criar. Poderiam ser palavras, músicas, mundos, amores... Não me vinha ao certo o que devia ser criado, mas sentia, dentro de mim, essa vontade maluca de dar luz a algo.

Domingos ou segundas, esses eram os dias que me torturavam. Gosto de pensar nas semelhanças com os trabalhos de Deus. Sentiria Ele o mesmo ardor que sinto eu, agora, quando criou o mundo? Seriam esses sentimentos universais? Estariam, agora, todos os humanos do mundo debruçados sobre suas janelas, pensando na necessidade vital de criar?

Olho para o lado e vejo, no sofá, minha esposa. Ela dorme num sono profundo. Seu rosto é mais lindo do que nunca. É sempre assim quando dorme. Sua expressão plácida, os braços encolhidos e as mãos entrelaçadas, repousando sobre suas coxas, me causavam uma inveja danada. Queria eu repousar sobre suas quentes coxas e sumir no meio de suas pernas. Mas, em vez disso, machucava minha barriga, pressionando-a contra o parapeito da janela que segurava todo o peso de meu corpo e do mundo, em um exercício mortal de sobrevivência.

O mundo é composto por duas realidades: uma que acontece do lado de fora e acomete os mais sortudos dos humanos; e a outra, que acontece dentro de nós. Esta, brutal, sufocante e demasiadamente real, é a que me tortura dia após dia.

Todas as luzes na rua estavam apagadas; não se escutava nada além dos pingos gordos que se chocavam sobre o asfalto ainda quente de um dia de primavera. Porém era certo que, apesar das luzes apagadas, em algum quarto escuro, por ali, corpos despertos rolavam em suas camas, tentando responder aos mesmos anseios que me sequestravam naquela noite.

Enquanto meu corpo pendia, cada vez mais, ao abismo, pensava nos dias que passaram. O que me levara até aqui? Deve haver um padrão de comportamento que me leva a esse beco sem saída todos os domingos. Alguma fórmula maldita que constrói os anseios do mundo, que, certamente, não atingira minha linda esposa e, muito menos, o gato, que dormia sereno na poltrona ao lado.

As gotas já não pingavam mais sobre o asfalto. Coloco meus pés sobre o estreito parapeito que, até então, me segurava e elevo meu corpo, mirando o abismo. Quero lançar-me feito uma gota.

Nascer, renascer ou morrer.

SEGUNDA-FEIRA: O SILÊNCIO, A NOITE, O VAZIO & O TEMPO NÃO PREENCHIDO

Comecei a semana um pouco atrasado, ou seja, dormi devagar e acordei já no meio da segunda-feira. Já que havia perdido metade do dia, decidi que a melhor opção seria ignorar a outra metade. Caminhei lentamente até a cozinha, onde preparei alguns ovos cozidos e comi meia dúzia de uvas roxas que quase estragavam no refrigerador. Fervi água para o café, mas não encontrei pó. Segundas-feiras eram os dias de compra, sempre feitas pela manhã. Desisti do café, acendi um cigarro e debrucei-me sobre a mesma janela, mas, dessa vez, nada pensei. Nunca penso pelas manhãs, ou melhor, nunca penso logo após acordar.

Vivo uma vida dupla, em que perambulo pelo mundo e obedeço. Aproveito o período de abdução para fazer tudo aquilo que o mundo espera de mim. Demorei para aprender, porém hoje funciono perfeitamente bem nessa rotina. É como uma peça de teatro: tenho meu texto ensaiado e movimentos coreografados. Claro, muitas vezes permito-me improvisar; assim, não me entedio tão fácil.

Com o tempo, impressionou-me entender como é simples viver essa vida humana. As regras são elementares e as pessoas, fáceis de agradar; basta andar na linha e não fazer perguntas muito complicadas. É uma maravilha. Depois de um certo tempo, aprendi até mesmo a fazer minhas tarefas de olhos abertos, mas, de certa maneira, continuar dormindo. O mais importante de tudo é não desapontar quem está do seu lado; caso contrário, as consequências podem ser brutais. Por isso, fique frio! Acene que sim, com a cabeça, sorria e faça sempre um pouco mais do que lhe é pedido.

Pois bem, voltemos à segunda-feira. Acordei ao meio-dia. Saí da cama, comi meus ovos e uvas, ensaiei um café e fumei um cigarro. Apoiei-me na janela e nada pensei. O telefone tocou uma, duas, três vezes; não atendi em nenhuma delas. Conferi a nota que minha esposa havia deixado no móvel da entrada; ali estavam meus afazeres do dia, basicamente ordens para que a vida na casa se mantivesse humana o suficiente. De onze tarefas, seis delas deveriam ter sido executadas antes do meio-dia — entre elas, comprar café. As outras cinco aconteceriam no começo da tarde e, finalmente, a última, às oito da noite, bem próximo do meu despertar anímico. Porém, neste dia, neste fatídico dia, decidi que nada faria. Deixaria a vida correr fora do trilho; não faria tarefa alguma e, com certeza, desapontaria todos que passassem por mim.

Tirei a roupa na sala, espalhando minhas peças nos cômodos pelos quais passava. Escolhi três dos meus livros favoritos, na estante do escritório, e voltei para a cama. O telefone tocou mais três vezes. Bati uma punheta. O telefone tocou mais duas vezes e eu liguei o rádio. Aumentei o volume. Já eram quase duas da tarde, e eu deveria me encaminhar para minha oitava tarefa.

Que sensação deliciosa! Quantas pessoas eu estava deixando na mão? Quantas pessoas dependiam de que aquelas tarefas fossem feitas para que pudessem tocar suas vidas? Quantas vidas eu influenciava, por ter optado por não sair da cama naquela segunda-feira? Era um pouco como brincar de Deus, e isso me enchia de prazer. E se, um dia, todos deixassem de fazer suas tarefas? O que aconteceria com o mundo? De fato, não sei, mas acredito que seria um dia de muita paz, em que os humanos se preocupariam, no máximo, em coçar seus genitais e comer alguma coisa leve ao final da tarde. O telefone tocou de novo e, desta vez, resolvi atender. Não por culpa, mas sim por tédio. Pensei que poderia ser divertido conversar com alguém que estava, de fato, fazendo suas tarefas. Era minha esposa. Ela ligara para checar como estava o caminhar de minha agenda; gabou-se de estar em sua vigésima quinta tarefa e ainda eram apenas cinco da tarde. Ela riu quando eu disse que não havia feito nada o dia todo, mas era humana demais para acreditar; pensou tratar-se de uma piada e desligou em seguida. Assim eram os dias na Terra: a ausência de coisas parecia tão absurda como se fosse piada. O silêncio, a noite, a morte, o vazio, o tempo não preenchido. Tudo o que não fosse repleto de luz, vozes, informação, velocidade e violência não era digno de atenção. Eu estava decidido: subverter as regras era a única forma de me rebelar. Sapatear nas sombras do universo. Um bailarino de ponta-cabeça, suspenso no atarefado céu do frenesi humano.

Terça-feira: números, dados & débitos

Na manhã seguinte, dicas do Apocalipse manifestaram-se, enquanto minha esposa fervia a água para passar o café. Ouvi da cama seu berro quando não encontrou o pó. Pensei rápido em uma solução, mas sabia que não iria segurar por muito tempo.

Coloquei a culpa na caixa do supermercado e aproveitei o desgosto que ela tinha pelo estabelecimento do bairro para fazê-la acreditar. Taí uma coisa fenomenal sobre os humanos, que me ajudou muito, durante esses anos de camuflagem: poucas coisas são mais nocivas a eles do que o ódio que sentem por tudo e por todos. Um dos maiores fetiches humanos é o ódio pelo desconhecido. Eles odeiam com tanta facilidade aquilo que não conhecem! E se deliciam, lambendo os beiços todas as vezes em que encontram uma razão forte o bastante para validar o seu ódio. Mal sabem que, na verdade, colocam-se extremamente vulneráveis à manipulação. Não existe espécie mais maleável do que aquela tomada pelo ódio. Acreditem em mim.

Bom, me safei de uma tarefa não realizada, mas restaram dez delas, para desviar, ao longo do dia. Que o ódio esteja comigo! Assim que minha mulher saiu pela porta, em direção à rua e a um novo dia, corri até o móvel de entrada, em busca da minha patética lista de afazeres. Como estávamos na terça-feira, a lista era mais intensa. Outra peculiaridade dos humanos: eles intensificam suas agendas de tarefas ao longo da semana, a ponto de chegarem à sexta-feira exaustos, tão exaustos que a única coisa que são capazes de fazer é beber e comer em quantidades surreais.

Desta vez, minha lista tinha trinta e duas tarefas. Trinta e duas! Eram 7h30 da manhã e minha primeira tarefa estava marcada para as 8h: "Lavar a louça e limpar a casa".

Olhei para a pilha de pratos acumulados na pia; os lixos cheios até as tampas; latas e embalagens espalhadas pela casa; e senti uma alegria imensa. Tudo aquilo, reunido, dava um senso de continuidade, de que a vida seguia e se acumulava, de que nem tudo é efêmero, rápido e novo como os humanos querem que seja. As coisas sujam e se acumulam. Eu detestava a mania de estar com tudo sempre arrumado, como se todos os dias tudo começasse outra vez. Isso é tão estéril, tão limpo, tão ágil. Eu nunca tinha negado uma tarefa como aquela; por muito tempo, me fizeram acreditar que tinha algo a ver com higiene, mas, sejamos sinceros, quem é que realmente liga para higiene? Humanos estão sempre roendo as unhas, comendo com as mãos, beijando e cumprimentando estranhos. Foi nessa terça-feira que percebi o monte de merda que inventam para nos manterem ocupados. E essa era uma delas. Era tão bonito ver aquele monte de coisas empilhadas e sujas, preenchendo a casa com vida, que resolvi pular a primeira ordem do dia e, assim, acumular minha 12ª tarefa. Que prazer!

Olhei a lista, mais uma vez, e reli minhas tarefas. Todas, ali, pareciam estúpidas, exceto uma: levar Carlos para passear. Carlos era nosso cão de estimação e, apesar de detestar caminhar pelas ruas do nosso bairro, seria muito injusto enquadrar seu passeio como uma tarefa demasiadamente humana. Por isso, sublinhei a tarefa número dezoito, deixando claro, para mim e para Carlos — mesmo que ele não pudesse ler —, que às 16h iríamos passear.

Enquanto esperava a hora do passeio, deitei-me no sofá e, fazendo silêncio, tentava escutar os sons ao redor. No apartamento ao lado, nada se ouvia; os humanos deviam estar na rua, fazendo tarefas. No de baixo, vivia um senhor. Ele tinha cara de quem passou uma vida fazendo tarefas e, agora, deprimia-se pela ausência delas. Passava o dia inventando maneiras de preencher o silêncio divino que tanto o apavorava. Sua televisão estava sempre ligada, independentemente da hora do dia. De vez em quando, recebia visitas, mas nunca falavam; era sempre o som da televisão que se sobressaía. Sempre muito alto, sempre muito barulhento; pelo menos, assim, podia fingir que estava atarefado.

Os sons mais altos vinham da rua. Logo na esquina, havia um enorme colégio público. Como eu vivia em uma pequena rua sem saída, nas costas da escola, todas as manhãs, uma coleção de jovens se escondia lá, para fumar maconha e ultrapassar suas pequenas listas de tarefas do dia com graça e leveza. Apesar de ansiar todos os dias pelo silêncio da noite, esse era um barulho de que eu gostava. Muitas vezes, eles colocavam música em seus celulares e conversavam altíssimo. Era difícil escutar exatamente o que falavam, mas o burburinho deixava claro que eram jovens esperançosos, de curtas listas de tarefas e não imaginavam o que os esperava, ao dobrarem a esquina.

Por isso, suas vozes me deleitavam. Era como assistir, em tempo real, o mal que nos assombra; era como escutar, todos os dias, o último suspiro de uma alma. Em poucos anos, aquelas vozes doces e vivas se tornariam números, dados e tarefas, e o burburinho daria lugar a programas de auditório e séries de televisão.

Levei Carlos para passear. Andamos pelas ruas, evitando contato visual com qualquer humano. Estava começando a me desfazer de amarras sociais, à medida que me desfazia das tarefas. Aos poucos, sentia cada vez menos necessidade de agradar aos outros, nessas longas horas em que eu esperava, para que pudesse, de fato, despertar. Era libertador. Passeamos por um bom tempo e, em momento algum, falei ou olhei para ninguém. Tampouco recolhi, do chão, as fezes de Carlos.

Quarta-feira: o zênite

Já estávamos na terceira manhã sem café. Porém, nessa manhã, não saí da cama nem para ouvi-la reclamar. Acordei com alguns gritos que vinham da cozinha e aproveitei para fazer xixi. Em seguida, voltei a dormir e ignorei qualquer atividade que se desse longe do meu edredom. Notei que as coisas começavam a sair do controle quando escutei a porta batendo, e minha esposa descendo os degraus da escada com tanta força que eu podia escutar seus saltos contra o granilite. Mas nada eu podia fazer. Eu estava disposto a comprar essa briga e a nem olhar mais minha lista. Eu a deixaria ali, acumulando as tarefas no móvel de entrada, assim como os pratos, as roupas, no chão, e meus pensamentos. Tem um quê de beleza em apenas existir. Uma força tremenda em tudo o que resiste à inércia do mundo. É preciso um estômago de ouro para parar em um mundo que vive girando. Por isso, a beleza da morte.

O que eu sentia, ao ver minha lista se acumulando, não podia ser sentido apenas por mim; haveria algum motivo maior para que o acúmulo de coisas e a ausência de ação me deixassem tão excitado. Eu experimentava, agora, o silêncio e a ausência das coisas em plena tarde. Eu estava acordando, de fato, mais cedo. Não precisava de máscaras ou regras. Eu não tinha tarefas; portanto, era livre para pensar, falar e fazer o que eu bem entendesse. O telefone tocou. Atendi prontamente. Era do trabalho. Perguntavam por que havia três dias que eu não ia e nem avisara. Não pensei duas vezes e desliguei o telefone na cara da pessoa. Eu não devia nada a ninguém. Os humanos tratam suas tarefas, seus trabalhos e suas vidas com uma seriedade tremenda, como se o que fizessem salvasse vidas ou mudasse o mundo. Por isso, não senti remorso nenhum quando desliguei o telefone na cara do atendente e nunca retornei a ligação. O que eu fazia naquele escritório poderia ser feito por qualquer humano. Agora, o que eu fazia em meu apartamento, naquela tarde de quarta-feira, não havia ninguém no mundo que poderia fazer por mim.

Resolvi, pela primeira vez em três dias, cozinhar algo. Não fazia compras desde a última segunda-feira; portanto, minhas opções eram poucas, mas suficientes. Encontrei algumas batatas, folhas verdes e algumas fatias de salame. Era pouco, mas eu gostava, cada vez mais, de comer pouco, sentir-me vazio, leve. Porém, principalmente, vazio. Humanos tendem a comer demais, mas pouco percebem que, de verdade, quando se alimentam, não estão ingerindo comida. Sente-se em um restaurante durante o horário de almoço e observe as pessoas comendo. Elas estão estufando suas ansiedades, calando suas aflições, tentando, de alguma maneira, engolir mais rápido as horas que as separam do silêncio inevitável do sono. As pessoas comem para que possam parar de falar ou escutar — uma bela desculpa para ficarem caladas. Por isso, se entopem de comidas e produtos que nem mesmo conhecem. Por isso, tenho comido pouco. Porque já não preciso do silêncio induzido. Agora que não cumpro minhas tarefas, sou livre para fazer silêncio quando eu bem entender. Comi as batatas e os salames e guardei as folhas verdes para mais tarde. O dia passou lentamente e eu não me preocupei, nem por um segundo; pelo contrário, aproveitei cada segundo. No final do dia, estava tão satisfeito que até dormi por uns instantes.

Quinta-feira: como quem espera uma refeição

Dia de feira na rua e o quinto dia sem café. Agora, além da falta de café, minha esposa também estava incomodada com a bagunça da casa. Tentei convencê-la de que não tivera tempo para arrumar, pois estava atolado de tarefas. Ela pareceu acreditar, até porque... por que não acreditaria? Humanos eram assim, cheios de tarefas e sempre as usavam para justificar outras ausências, como amor, carinho, tempo e atenção. Sozinho no apartamento, pude perceber a vida que existia nos lugares que não habitávamos durante os dias. A maneira como o sol entrava na sala de estar, ou o balançar das plantas, na sala de jantar, com o vento que entrava pela janela. Os estalos das lâmpadas da cozinha e o barulho do freezer. O reflexo do vaso de prata, na parede do quarto, que manchava de luz os livros de fotografia repousados sobre o criado-mudo que nunca toquei. Tudo na casa era vivo. Tudo na casa existia sem que precisássemos existir. Por um momento, tive um ciúme quase carnal de todos aqueles objetos. Como podiam levar uma vida animada, sem que eu estivesse por perto? Agora eu estava por perto. Livre, podia apreciar cada detalhe de cada objeto que vivia ali. Mas, e antes? Por todos esses anos em que passei os dias e as noites cumprindo tarefas, sem poder notá-los, o que faziam em minha ausência? Como se portavam, quando tinham toda a casa só para eles? Pensei em divagar mais sobre o animismo das coisas, mas logo notei que talvez estivesse exagerando.

O telefone tocou. Escutei passos no corredor. Uma carta deslizou por debaixo da porta. Bonita cena de se assistir. A luz quente do final de tarde escorria pela fresta e era brevemente interrompida pelo envelope alvo, que deslizava sobre a madeira clara do piso do hall de entrada. Apesar de não ter sentido a menor curiosidade em saber do que se tratava a carta, não resisti à tentação de apanhá-la do chão; ainda viviam, em mim, resquícios de comportamentos humanos. A carta era um aviso do clube de campo de que cancelariam meu título por falta de pagamento. Ufa. Por mais que me sentisse aliviado em não fazer mais parte daquele círculo, me chateei, ao lembrar do vovô. Ele gostava do clube e deixou algumas boas memórias das tardes que passávamos por lá.

Vovô, apesar de humano, tinha alguma qualidade que não o deixava demasiadamente humano.

Nunca soube decifrar totalmente o que o fazia menos humano, mas ele definitivamente não vivia para cumprir tarefas e, quando as cumpria, passava extrema confiança de que as realizava com prazer. Em todos os momentos em que estivemos juntos, vovô se preocupava de verdade com o que se passava comigo, coisa que até então eu jamais havia experimentado. Não porque estivesse rodeado de pessoas ruins, apenas muito atarefadas. Ele era um cara durão, mas extremamente atencioso. Falava pouco, mas, quando falava, falava muito. Sempre palavras sábias, nunca bobagens. Nunca escutei vovô falar mal de alguém; não que fosse bondoso, mas não perdia tempo falando de pessoas, principalmente se elas não estivessem na sala. Trazia sempre os cabelos penteados para trás e as sobrancelhas, grossas, emoldurando todo o seu rosto. Era um homem bonito, tinha a pele escura e estrutura forte. Vovô tinha duas paixões: minha avó e todas as outras mulheres do mundo. Durante o dia, seu olhar era profundo como um poço e, nas poucas noites em que passamos juntos, só nós dois, seus olhos pareciam mais claros, brilhantes e inocentes. Talvez padecesse da mesma enfermidade que eu e despertasse apenas ao anoitecer. Talvez fosse esse seu segredo. Mas sua força e singularidade não foram suficientes para segurá-lo neste mundo.

Não houve últimas palavras quando vovô morreu, embora eu ainda goste de acreditar que sim. Há algo muito triste sobre a morte, que vai além da despedida de um corpo físico que se vai. Acho que é a falta de uma última palavra, a falta daquele momento final (crescemos acreditando que ele aconteceria): uma mão dada, um último conselho. Quando vovô morreu, nada disso aconteceu. Uma morte triste, mas comum, sem palavras ou grandes gestos. Nenhuma comoção ou reunião, apenas uma simples e ordinária morte humana.

O telefone tocou, e eu senti vontade de vomitar. Teria o vovô tentado escapar da monótona dança do cotidiano moderno, renegando suas tarefas e vivendo recluso em sua própria realidade, e, mesmo assim, acabara enterrado no mesmo cemitério daqueles que morreram em meio a tarefas insignificantes? Lembrar a vida de vovô sempre me acalmou; mas, agora, só podia pensar em sua morte — e ela em nada me acalmava. Em silêncio absoluto, enquanto pensava nas tardes que passáramos juntos no clube de campo, pude escutar os barulhos da televisão do senhor Aldeman, que vivia no apartamento de baixo. Antes morto do que vestido de televisão, esperando a morte chegar. Pobres daqueles que não esperam a morte em silêncio, e senhor Aldeman era desses: aumentava os volumes de todos os seus equipamentos eletrônicos, para que não pudesse escutar os passos tímidos da morte, dobrando a esquina.

Esse é um erro que jamais cometerei. Quero poder escutá-la de longe quando se aproximar. Já sinto seu calor próximo a mim, mas ainda não escuto seus passos; porém, quando esse dia chegar, quero estar preparado, totalmente em silêncio e leve, como quem espera uma refeição. Talvez fosse isso que estivesse fazendo, preparando-me para a morte.

O despertador tocou.

Sexta-feira: o grande teatro

Sexta-feira e 72 horas sem café. Despertei um pouco antes de minha esposa. Vesti uma roupa qualquer e caminhei até a sala. Sentia uma vontade tremenda de tomar um café; minha cabeça doía e minhas mãos chegavam a tremer. Mas jamais cederia ao mais humano dos impulsos: o desejo. Outro grande fenômeno humano: o desejo. Estamos sempre fazendo algo para conquistar o que desejamos. O desejo nunca é presente, ele nunca nem sequer existiu; é apenas uma grande desculpa para que possamos realizar nossas tarefas sem termos que admitir que as realizamos em vão. Desejar algo não vale a pena, estamos sempre querendo algo.

A maior dificuldade humana talvez seja conter seus impulsos de desejo. Como não gastar aquilo que se tem em demasia? O rico não seria rico se não gastasse o que tem. O belo não seria belo se não se mostrasse ao sol, assim como o sol não esquenta se não puder tocar nossa pele. Tudo o que se tem em demasia nos escraviza, e essa, na minha opinião, é a maior fraqueza dos humanos. Eles querem tudo aquilo que não têm e, de fato, gastam tudo o que têm sem discriminação. Os ricos tornam-se pobres rapidamente — senão financeiramente, de espírito. Os belos nos enjoam com facilidade; suas faces minimamente esculpidas nos enfadam em instantes. E o sol, pobre do sol, de nada serviria se não tivesse a noite para esfriar tudo o que promete esquentar. A vida dos humanos é um eterno querer e um eterno gastar. Gasta-se o que se tem e deseja-se o que não se pode possuir. Seria diferente se desejassem aquilo que já possuem. Assim, não escravizariam suas vidas em busca do que almejam e desperdiçando nesse percurso tudo aquilo que já são.

Talvez tenha sido exatamente essa dicotomia que me trouxe até aqui, um lugar que já nem sei qual é. A grande luta do *querer* com o *já sou*. Um duelo de titãs.

O *querer* grita:

— Vamos, você pode e deve fazer tudo aquilo que almeja, suas ferramentas estão aí, espelhe-se nos outros e vá em frente. Querer é poder.

E o *já sou* sussurra, moribundo e acabado pelo fogo ardente do *querer*:

— Mas, olhe para mim; tu já és, aprenda a usar-me.

E o querer branda e sobe ao pódio. Mas por que não gritas mais forte, diacho de *já sou*? Por que não tenta mais? Por que não se inflama como o *querer* e nos liberta dessas garras opulentas?

— Porque não sou feito assim. Sou um sussurro, um sopro; e existo, portanto, não preciso gritar. Grita apenas quem nada é. Grita apenas quem precisa existir. E eu existo. E muito. Mas preciso ser visto. E não se escuta um sopro em meio a um vendaval.

Bem-vindos ao grande teatro. Case-se com a mais bela mulher e, logo em seguida, deseje sua vizinha. Um carro mais rápido, uma casa maior, um emprego mais pomposo, roupas melhores, comidas mais nobres, músicas mais altas, festas mais tardias, pais mais amorosos, pais menos amorosos, o parceiro ideal, parceiro nenhum, um filho, dois filhos, três filhos, nenhum filho. Mais tempo, menos trabalho, mais dinheiro, menos problemas. Deseje, deseje, deseje, e o universo há de presentear. Ele é divino e, nele, tudo podemos. Mas deseje agora, porque a fila é longa. Enfim, não deixe de desejar tudo aquilo que você ainda não tem, se é que há algo que ainda não possua. E, assim que conseguir, gaste-o, gaste-o sem modéstia e torne a desejar logo em seguida. Assim foram construídos os maiores impérios. O desejo edifica e nos leva mais próximos de Deus. Querer é poder, e em Deus tudo podemos. Mas não se enganem, nada disso irá salvá-los de suas medíocres rotinas. O desejo nos prende ao presente, como uma âncora suspensa no ar, pronta para nos afundar. E eu jamais me entregaria. Tire-me o presente, mas não lhe entrego meus desejos. Serei apenas eu. Sem presente, sem futuro... sem salvação.

Alcanço uma caneta na mesa de cabeceira e coloco em palavras tudo o que sentia, para lembrar-me de que, apesar de estar sem desejos, ainda seguia vivo. Coloco em palavras todas as histórias que queria ter vivido, mas tive vergonha, e todas as vergonhas que não queria ter vivido, mas vivi. Dessa maneira, me mato em palavras, vagarosamente, para que haja tempo de trocar a pele. Sou muitos dentro de um só e, se fosse contar-lhes minha história, a faria em diversos capítulos. Faria, do livro, meu esqueleto, para que, ao final de todo o sangue derramado, com uma costura vertical, possa reagrupar todos os pedaços que fazem, de mim, um todo. Colocaria em um capítulo longo toda a história de uma infância repleta de memórias que, maquiadas por cores e cheiros, mal pude sentir. E, seguido desse choro, introduziria, com letra maiúscula e travessão, as desilusões de meu primeiro amor, que seriam complementadas por minha fuga de mim mesmo e por todas as aventuras que daí surgiram. Escreveria sem parar, a fim de diverti-los com os mais abusados voos pueris, palavras em forma de nave e letras com capas vermelhas, que discorreria por longas horas em papel bege, para que finalmente desembocassem nos últimos duros e vigorosos anos.

E, então, com o esqueleto esticado, começaria a recheá-lo de vida, com vísceras e sangue, para que, em seguida, o cobrisse com carne, para que nem todos pudessem tocá-lo.

As vísceras seriam meus mais dolorosos pecados, meus sonhos delirantes, minhas vontades reprimidas e tudo aquilo que não me permito sentir. Para isso, teria que cortar, sobre o papel, a veia mais gorda que encontrasse em meu corpo e deixá-la jorrar até que não houvesse mais nada. Tempo suficiente para cobrir as expostas vísceras com carne vermelha, de modo a não me levarem tudo com o olhar. E, escondidas as vísceras, esticaria, como quem arruma a cama, toda a superficialidade da carne, para que ela me cobrisse todo o corpo, com detalhes frouxos e pensamentos elaborados. Aí entrariam as palavras difíceis e as prosas elaboradas; entupiria meus textos de referências tolas e afirmações de minha masculinidade, usando palavrões e referências a uma grande ressaca. Dessa maneira, desviaria sua atenção do mais importante fato explicitado no meu enorme Frankenstein de vísceras, sangue, carne e palavras: NADA POSSO SENTIR.

Sábado: nigredo

Começava meu quinto dia sem café e sem tarefas e, agora, a ausência de tudo começava também a atacar-me o corpo. Minhas pernas já não respondiam aos meus comandos, nem tampouco meus olhos. Era tudo breu e estático. Já não existia mundo lá fora, ou, se existisse, eu não podia vê-lo, muito menos tocá-lo. Atingira o tão desejado lugar — o nada. Agora, tudo o que me restava estava dentro de mim, como sempre fora. Contudo, agora, sem a estúpida interrupção do sol, das cores, das tarefas e de qualquer outro humano. Finalmente, a sós, como de fato viemos ao mundo. Ou talvez não tão sozinho; ainda restavam-me minhas memórias, que insistiam em prender-me aqui, neste mundo. Deveria apenas me libertar delas e, pronto, estaria finalmente livre para meu mergulho. Porém, como livrar-me de algo que nem pedi para ter? Quanto mais eu pensava em me desfazer das memórias, mais elas brotavam em minha cabeça. Brotavam com tanto vigor quanto ervas daninhas na primavera. Uma atrás da outra, das mais tenebrosas às mais ternas, quase me sufocando.

Eu penso em vovô, penso em todas as músicas que algum dia me alegraram, penso em todos os segredos que nunca contei, em todas as histórias que vivi e não queria ter vivido, e em todas as que nunca viverei. Mas penso, principalmente, em Samantha. Minha mulher. Lembro-me do dia em que a conheci, do nosso primeiro beijo, da primeira vez que mirei seus olhos e de quando a assisti tirar sua roupa pela primeira vez. Momentos humanos, demasiadamente humanos, mas bons momentos.

Lembro-me de todas as tarefas que, antes de toda a novidade acabar, fazíamos juntos e, mesmo com remorso, de como era bom. Lembro-me especialmente de um jantar, quando fomos ao restaurante mais caro que encontramos no bairro e nem sequer comemos, de tanto que conversávamos, olho no olho. Das noites em claro, enquanto bebíamos nosso licor e falávamos da vida dos outros. De quando nos mudamos para esse apartamento, e Sammy, com seu olhar delicado, arrumou cada detalhe como se arrumasse seu próprio filho. Lembro-me do gosto das vieiras frescas que comemos ainda na areia, durante nossa primeira viagem juntos à praia, quando Sammy insistiu que eu provasse a iguaria sem a qual eu nunca mais vivi. Lembro-me de sair com o coração quente e a barriga estufada dos longos almoços que sua avó cozinhava quando íamos visitá-la. Lembro-me, inclusive, do cheiro de seu perfume que quebrou na sala, infestando todo o apartamento por mais de uma semana. Lembro-me de cada manchinha que pintava seu corpo, transformando suas aveludadas costas na mais hipnotizante galáxia que jamais desbravei. Invadiram-me lembranças mórbidas, como a primeira vez em que brigamos, as desilusões, a solidão a dois, os castigos do amor. Passamos a vida toda correndo atrás do rabo, tentando fazer, de cada momento, um momento memorável; mas, no final das contas, tudo gira em torno de uma garota.

Sétimo dia sem café e eu já não sei, ao certo, quem sou. Talvez todos aqueles estejam rindo de mim; talvez todos aqueles, presos em suas rotinas ordinárias, assim o façam para saberem quem são.

Eu já não tinha mais rotina, tarefas, companhia, Samantha, o gato Max. Nada além da escuridão tenebrosa de minha mente, que pulava de memória em memória e parecia me esconder o final. O futuro era apenas uma palavra ou, melhor, uma tortura. Demasiadamente humano, o futuro era demasiadamente humano e, de humano, eu já nada tinha. Nem um puto sinal de humanidade em meus ossos podres. A essa altura da semana, os vizinhos já deviam sentir meu odor, meu pútrido e azedo odor de um corpo que já não se presta a nada. Até os objetos de minha casa eram mais vivos do que eu. Samantha nunca mais retornou; restaram apenas suas notas de tarefas, acumuladas no hall de entrada, e o cheiro de seu perfume (que se perdia, a cada minuto, na podridão de minha tumba). Já pouco importava se chovia, se fazia sol, se existia Deus ou se teríamos alguma salvação. Nada importava, assim como tanto desejei no começo da semana.

E aí está a ironia da vida. Não havia mais desejo, objetivo, fome, sede, companhia, nada daquilo que nos torna humanos e, por temer ser humano em demasia, tornei-me desumano. Um poço de remorso e questionamentos. Tentei esticar meus braços para coçar as pernas e nada senti.

Nem braços, nem pernas. A única coisa que sentia era o peso de minha cabeça, afundando no travesseiro. Nada do pescoço para baixo — apenas uma pesada e solitária cabeça, que tudo pensa e nada sente. Punido pela inveja dos deuses por tentar tornar-me um deles. Sacrificado em minha própria cama, pela falta de desejo. Aprisionado dentro do meu próprio caos e condenado à prisão perpétua dos pensamentos. Sem tarefas, sem corpo, sem futuro e sem café. Demasiadamente (des)humano.

GARGANTA SECA

Toda ressaca leve é igual; cada ressaca forte
é cruel à sua maneira.

I

O copo quebrado no balcão denunciava a noite que tinha passado. A lâmpada torta na mesa do bar parecia observá-lo com desgosto. Na varanda, as flores secas não diziam nada, mas pareciam cúmplices. A cena estava montada. Faltava apenas o corpo frio que ele não conseguia encontrar.

Saltos altos abandonados, garrafas de vinho vazias, restos de comida na pia, cacos de vidro por toda parte. Um batom vermelho escorria, devagar, pelo ralo enferrujado da varanda. Tudo aquilo formava um quadro caótico.

O Homem esfregou os olhos. Precisava de água. Pensar direito. A ressaca fazia a sala girar. Passou os olhos pelos objetos espalhados, buscando uma pista do que tinha acontecido. O batom continuava derretendo no ralo, os cacos brilhavam no chão, e os saltos encostados na porta pareciam estar ali há séculos. Pretos e pontiagudos. Ele os encarou. Havia algo neles — uma vergonha oculta de serem tão comuns.

Tentou se lembrar. Nada. Só dor de cabeça e um gosto amargo na boca. Precisava se levantar. A estátua na estante chamou sua atenção. Um homem de capa longa, montado num cavalo, esculpido em madeira negra, olhos brilhantes e assustadores. Parecia encará-lo.

O Homem retribuiu o olhar. Não estava assustado, apenas cansado. Só queria água.

Olhou para a porta da cozinha. Talvez ali.

Respirou fundo. O corpo pesava. Tentou se levantar, mas as pernas pareciam de chumbo.

— Mais cinco minutos, mãe...

Fechou os olhos, a cabeça pendeu para trás.

Espera. Aquela foto.

Abriu os olhos de novo.

A mulher na moldura tinha cabelo loiro. Não era sua esposa. Sua esposa tinha cabelo escuro. Olhos castanhos. Era mais bonita. Mas essa também não era ruim...

Ele esfregou o rosto com força.

— Merda. Preciso de água.

Apoiou-se na mesa e se levantou. O apartamento oscilou. Pequenos passos. Um de cada vez. Como se estivesse aprendendo a andar. A estante surgiu à sua frente. Livros espalhados. Títulos de culinária, poesia. Ele passou os dedos pela lombada de um deles: Rimbaud. Capa dura laranja e azul. A edição de Wyatt Arson. Ele conhecia bem. Quem apreciaria algo assim?

O estômago revirou. Ali estava ele, em um apartamento desconhecido, olhando para um livro que não deveria estar ali.

— Maldito seja.

Pegou o livro, folheou rapidamente. Quem colocou isso ali? Alguém havia mexido com ele, colocando suas próprias palavras numa prateleira, ao lado de receitas de bolo. O Homem fechou o livro com força e o jogou na estante.

A cabeça latejava. Foco. Água.

Deu mais alguns passos. Odiava aquele sofá. Odiava aquelas paredes laranja. Aquele não era seu apartamento. Nunca pintaria suas paredes de laranja.

Precisava sair dali. Mas, antes, água.

Chegou até a geladeira e agarrou a maçaneta. O ar estava pesado, quente. Algo parecia errado.

Os cacos de vidro no chão estavam misturados com areia. Ele franziu a testa. Areia?

Então o vento veio.

Primeiro, um sussurro através das rachaduras. Depois, um golpe quente e seco, carregado de poeira. O chão rangeu como madeira antiga, rachando ao sol.

O Homem segurou a porta da geladeira com força. Algo estava acontecendo. Aquilo não era uma ressaca.

Olhou de novo para os cacos de vidro. A areia, agora, se movia, serpenteando entre os estilhaços, como se estivesse viva.

— O que diab...

O vento cresceu, cortante. Ele tentou se segurar, mas foi tarde demais.

Algo o puxou.

Sentiu-se arrancado para dentro da geladeira. Um vórtex de areia e caos.

E, então, tudo escureceu.

II

O Homem acordou com a cara na areia. Tossiu, cuspiu, tentou engolir, mas a boca estava seca como o próprio deserto ao seu redor. Forçou os olhos a se abrirem.

Nada além de dunas e rochedos torcidos pelo tempo. O céu brilhava com um azul saturado, distorcido pelo calor que ondulava no horizonte. O apartamento tinha desaparecido.

Ergueu-se com esforço. Limpou os olhos, esfregou a areia do rosto. Olhou para baixo.

Não estava mais descalço. Suas meias, gastas, sumiram. No lugar, botas robustas de couro de cobra. Jeans puídos cobriam suas pernas, e uma camisa amarela de botões, com detalhes de madre-pérola, colava-se ao peito suado. Levou a mão à cabeça. O chapéu estava lá. Largo. De cowboy. Ele soltou um riso seco.

— Pelo menos, agora, estou bem vestido para morrer de sede.

Mas não podia se dar ao luxo de morrer ainda.

Precisava de água.

Olhou ao redor, calculando as opções. Nenhuma. Apenas areia.

Apoiou-se nas pernas e começou a andar.

Alguns minutos depois, encontrou abrigo nas sombras de um conjunto de rochas. Limpou o suor da testa, tentando organizar os pensamentos. Se ficasse ali, talvez aguentasse mais algumas horas antes que o sol o consumisse. Mas a noite ainda estava longe. E ficar parado nunca salvou ninguém.

Forçou o corpo de volta à caminhada.

Não sabia por quanto tempo tinha andado até sentir um peso estranho no bolso de trás.

Parou.

Tateou o jeans. Seus dedos encontraram um pedaço de papel dobrado.

Desdobrou-o.

Um mapa.

O traço era antigo, desenhado à mão, como algo saído de um conto de aventuras. No centro, um ponto marcava um oásis. O Homem passou a língua pelos lábios rachados. Seria isso um delírio?

Abaixo do oásis, uma linha atravessava o deserto. Trilhos de trem.

Ele apertou o papel.

— Se há trilhos, há um caminho.

Guardou o mapa e continuou.

O tiro veio sem aviso.

Seco. Ecoando pelo deserto.

O Homem congelou. Virou-se devagar.

No alto de uma crista arenosa, uma silhueta, escura, a cavalo.

O cavaleiro vestia um casaco longo e negro, esvoaçando como asas de corvo. Permaneceu imóvel por um instante, antes de esporear a montaria. Galopou em sua direção, levantando uma nuvem de poeira.

O Homem não recuou.

O cavaleiro parou a poucos metros, o rosto oculto sob a aba do chapéu. O casaco, apesar do calor sufocante, não exibia uma única gota de suor.

O Homem sentiu um arrepio.

O estranho ergueu uma das mãos, girando um relógio preso por uma corrente.

— Você sabe onde posso encontrar o trem? — perguntou O Homem, a voz áspera de sede.

O cavaleiro continuou mexendo no relógio.

— Não. Já perdi todos os trens.

O Homem estreitou os olhos.

— Então por que ainda está aqui?

O cavaleiro sorriu.

— Pela mesma razão que você! Está perdido, e encontrou mais do que apenas botas novas neste deserto.

Ele desmontou, com um movimento ágil. O casaco arrastou-se na areia. Caminhou até o Homem, o olhar sempre oculto pela sombra do chapéu.

— O que você perdeu?

O Homem hesitou. Apertou a mandíbula.

— Água. Estou procurando água.

O cavaleiro riu, um som seco, sem humor.

— Todos estamos. Mas o que realmente deseja? Beber ou esquecer a sede?

Antes que o Homem pudesse reagir, o cavaleiro golpeou seu rosto com a mão fechada.

O impacto o fez cambalear para trás. Ele tocou o maxilar, sentindo o gosto metálico na boca. Não recuou.

— Que diabos foi isso?

— Só queria ter certeza de que você não é uma miragem.

O cavaleiro ergueu o relógio quebrado.

— Você tem a hora certa?

O Homem ignorou a provocação. Os olhos fixaram-se no relógio. Algo nele parecia fora do tempo, fora da lógica do mundo.

O cavaleiro sorriu e estendeu o objeto.

— Pegue. Pode te ajudar a voltar atrás. Antes de tudo desmoronar.

O Homem não se moveu.

— Não posso voltar. Só posso seguir em frente.

O cavaleiro soltou um suspiro cansado.

— Foi o que eu disse também. Olha onde estou agora.

Virou-se. Montou no cavalo. Antes de partir, lançou uma última frase ao vento:

— Se você voltar, diga a eles que ainda estou aqui. Esperando.

O cavalo partiu, sumindo na poeira.

O silêncio voltou.

O Homem olhou para o relógio quebrado em sua mão.

O tique surdo do objeto ecoava pelo deserto.

Algo tinha mudado.

Ele guardou o relógio no bolso e continuou caminhando.

O Homem já não sabia há quanto tempo caminhava. O tempo se dissolvera na areia, espalhado pelo vento quente, que soprava sem pressa. O sol, imóvel, no alto, pesava, sobre sua cabeça, como um martelo, esmagando qualquer sombra.

Caminhava porque parar significava morrer.

As botas já não ajudavam. A areia entrava pelos dedos, pelas costuras, grudava na pele como se tentasse puxá-lo para dentro daquele inferno. Os pés latejavam. A boca era só um pedaço seco. A sede queimava devagar, como febre.

Ele tentou se lembrar por que continuava andando. Mas não havia resposta. Apenas a certeza de que parar seria pior.

As pernas fraquejaram. Os olhos pesaram.

PLOFT!

O chão sumiu.

A areia abriu-se sob seus pés.

Por um instante, o sol virou um borrão branco no céu. Então, veio a escuridão.

III

Acordou com a boca cheia de areia. Tossiu, cuspiu, mas a garganta parecia feita de pedra. Piscou várias vezes, os olhos ardendo com a poeira, a luz machucando a visão. Quando, finalmente, conseguiu enxergar, viu o brilho do metal. Os malditos trilhos se estendiam até onde a vista alcançava, queimando sob o sol.

Tentou se mexer. Não conseguiu. Os pulsos estavam presos. O ferro das algemas mordia sua pele. Fechou os olhos, tentando puxar da memória qualquer coisa que explicasse aquilo. O casaco preto do forasteiro. Poeira subindo em redemoinhos. O som do vento, assobiando no vazio. Depois, nada. Apenas um buraco, onde deveria haver lembrança.

Forçou os braços contra o metal. Nada cedeu. O vento trouxe um som distante; baixo, no começo, depois mais forte. Um lamento grave, carregado de promessas ruins. O chão vibrava. Os trilhos estremeceram. Algo estava chegando.

Primeiro, um farfalhar leve. Depois, um arranhar na poeira, perto de seus pés. Pequeno. Depois, mais perto, mais insistente.

Como um animal, farejando um corpo moribundo.

O Homem prendeu a respiração. Não estava sozinho. A risada veio do nada. Baixa. Arrastada. Escorregou pelo ar quente, como um sussurro que não deveria estar ali, mas, ao mesmo tempo, estava em toda parte. Não era uma risada qualquer. Era aquela risada. A risada de quem já viu tudo antes.

No início, ele pensou que fosse o vento. Mas o vento não ri. Os passos vieram logo em seguida. Leves. Precisos. Movendo-se, pela areia, como se o dono deles tivesse todo o tempo do mundo.

O Homem quis virar a cabeça, ver quem estava ali. Mas, antes que conseguisse, a voz surgiu. Baixa. Próxima o suficiente para arrepiar sua pele.

— Olha só quem resolveu acordar.

Silêncio.

Depois, um suspiro divertido.

— Você tá com uma cara horrível, grandão.

O Homem piscou. Os olhos ardiam. A boca, seca. Os pensamentos, confusos.

Delírio. Só podia ser o calor, brincando com sua mente.

— Quem… quem é você?

O outro riu. Não era um riso comum. Tinha algo antigo ali. Algo que não precisava de explicação.

— Essa é boa. Você sabe quem eu sou. Sempre soube.

O Homem tentou juntar os pedaços espalhados dentro da própria cabeça, mas era como tentar segurar areia.

A sede e o calor transformavam tudo em borrões.

— O que… você quer?

— Depende.

O Mini-Eu se agachou, pegou um punhado de areia e deixou os grãos escorrerem, devagar, pelos dedos.

— Quer ajuda pra sair dessa?

O Homem ergueu os punhos, mostrando as algemas.

— Não posso me mexer.

O Mini-Eu inclinou a cabeça, avaliando.

— Sei... Tá fodido, hein?

— Você pode me soltar?

O Mini-Eu coçou o queixo, pensativo.

— Posso. Mas e se você for perigoso? Como sei que não vai me machucar?

O Homem bufou.

— Você tá brincando comigo?

O Mini-Eu sorriu.

— Sempre.

Ele se aproximou, dedos ágeis mexendo nos fechos enferrujados das algemas. O rangido do metal cortou o silêncio.

— Eu sei o que você tá pensando — disse, enquanto trabalhava nos fechos. — Tá pensando que isso tudo não faz sentido. Que, ontem, você tava num apartamento sujo e agora tá preso num trilho de trem, num deserto onde nem trem passa.

O Homem não respondeu.

— Mas... adivinha só? — O Mini-Eu estalou a língua contra os dentes. — O mundo não precisa fazer sentido, grandão. Você que insiste nisso.

O clique veio seco. As algemas se soltaram. Ele massageou os punhos, o sangue voltando a circular. Ainda tentava entender o que via.

— Quem é você?

O Mini-Eu sacudiu a poeira das roupas.

— Eu sou você. Uma versão melhorada, claro. Mais charmosa, mais esperta e, acima de tudo, com uma ética de trabalho bem superior.

O Homem balançou a cabeça, exausto.

— Isso é um delírio.

— É claro que é.

O Mini-Eu saltou para seu ombro.

— Mas, delírio ou não, você precisa sair daqui antes que esse sol te seque até os ossos.

O Homem se forçou a ficar de pé. As pernas tremiam. Sentiu o peso do mapa no bolso. Tirou o papel amarelado. Os olhos correram pelas marcações desenhadas à mão.

Olhou para o horizonte. Bem longe, uma linha escura riscava a paisagem. Guardou o mapa e começou a andar. O Mini-Eu saltou do ombro e acompanhou ao lado.

— Esta é a atitude, grandão. Eu sabia que ainda tinha esperança pra você.

Caminharam.

A areia quente afundava sob seus pés. O sol queimava sem piedade. A sede já não era só um incômodo — era uma criatura viva, mastigando seus pensamentos, devorando qualquer ideia que não fosse continuar andando.

O tempo se distorcia. Cada passo parecia levá-lo para mais longe, não para mais perto.

No alto de uma duna, viu a ponte improvisada. Velha. Segurando-se sobre um cânion seco por teimosia. O Mini-Eu saltitou à frente.

— Parece um atalho, hein?

Pfiuuu.

Uma flecha cravou-se na areia, a centímetros do seu pé.

Pfiuuu. Outra.

O Homem se jogou no chão, rolando, até se esconder atrás de um tronco seco. O Mini-Eu, por outro lado, nem piscou. Cruzou os braços, com a expressão entediada.

— Você não vai se abaixar? — sussurrou o Homem.

— Relaxa. Eles nunca acertam.

Ele respirou fundo, tentando enxergar de onde vinham os disparos. Entre as sombras das dunas, formas se moviam.

— Quem são eles?

O Mini-Eu suspirou, como se aquilo fosse óbvio.

— O passado, grandão. Sempre querendo cobrar a conta.

O Homem engoliu em seco.

— Como a gente para isso?

O Mini-Eu ergueu uma sobrancelha.

— Parar? — Sorriu. — Não dá. Só dá pra correr.

Ele olhou para a ponte. A única saída. Respirou fundo e se lançou para a frente. As flechas cortavam o ar ao redor, zunindo como insetos famintos. O Mini-Eu corria ao lado, tranquilo, como se estivesse atravessando uma praça no domingo. Chegaram ao outro lado. Silêncio. Nenhuma flecha os seguiu. O Homem caiu de joelhos, ofegante. O Mini-Eu riu.

— Viu? Moleza.

O Homem estendeu o mapa no chão. Pegou o Mini-Eu e o colocou bem no centro, sobre o oásis.

— Agora descobre onde estamos.

O Mini-Eu engatinhou sobre o mapa, os olhos estreitos, os dedos deslizando pelas linhas desbotadas, como se estivesse decifrando um grande mistério. Passou por rios que, talvez, já tivessem secado, por montes que podiam nem ter existido, por trilhas que levavam a lugar nenhum. Depois de um tempo, levantou o rosto, a expressão séria.

— Estamos fodidos.

O Homem fechou os olhos.

— Por quê?

O Mini-Eu apontou para a borda do mapa.

— Porque estamos longe pra caralho. Quase fora do papel.

Mesmo sem querer, fitou o mapa.

— Estamos fodidos.

Continuaram andando.

O fim da tarde despejava uma luz vermelha sobre a terra seca, transformando cada sombra em um presságio. A sede era um peso invisível, esmagando os pensamentos até que só restasse um: seguir andando.

— Olha, ali.

O Mini-Eu apontou para a frente. Uma montanha escura crescia no horizonte.

O Homem conferiu no papel.

— Parece ser a mesma do mapa.

O Mini-Eu assentiu.

— Segundo o mapa, tem uma bifurcação no trilho, bem no sopé da montanha. E um *saloon*. Talvez lá a gente consiga algo pra beber.

O Homem soltou um suspiro. O ar quente e seco raspou sua garganta.

— Por que isso tá acontecendo comigo?

Não perguntou para o Mini-Eu. Nem para o deserto. Perguntou para o nada. Já sabia que não haveria resposta. O Mini-Eu deu de ombros.

— Drama, grandão.

Abriu um sorriso torto.

— É o que move a história.

IV

O *saloon* parecia longe demais. Mas era a única opção. O oásis ainda estava a dias de caminhada. Se quisessem chegar vivos, precisavam de um lugar para passar a noite. Mesmo sem água, um abrigo significava sobrevivência. Proteção contra o vento que esfolava a pele. Contra o frio que rastejava, pela areia, na madrugada.

Caminharam.

O sol pesava nos ombros. O Homem sentia a boca secar a cada passo. Nos momentos de silêncio, o Mini-Eu sumia. Evaporado pelo calor. Como se nunca tivesse existido. Como se o deserto estivesse tentando arrancar até essa companhia estranha, devolver-lhe a solidão absoluta.

Quando o sol começou a cair, o *saloon* surgiu no horizonte.

Pequeno. Frágil. Tábuas esbranquiçadas pelo sol, prestes a desmoronar. Um esqueleto de algo que, um dia, teve utilidade. Agora, só um resto.

O Homem atravessou as portas, que rangeram em dobradiças gastas.

Bang-bang. Um clássico de faroeste.

Mas lá dentro, nada. Apenas silêncio. E o cheiro de madeira velha.

Garrafas vazias no chão. Cadeiras tombadas. Poeira cobrindo tudo, como um aviso de que ninguém pisava ali há muito tempo.

O Mini-Eu apareceu de novo. Do nada. Agora, no ombro esquerdo, braços cruzados, um sorriso que não combinava com o lugar.

— Parece confortável.

O Homem passou os olhos pelo salão vazio. Pela escada, prestes a ruir. Pelas mesas e bancos onde, um dia, homens de verdade beberam, riram e apostaram tudo. Alguns saíram carregados. Outros, com chumbo no peito.

— É um túmulo.

O Mini-Eu deu de ombros.

— Melhor que dormir na areia.

Ele sabia que era verdade. Mas também sabia que havia algo errado ali dentro.

O som veio do fundo do salão. Das sombras acumuladas, ali, há séculos. Não era um ruído qualquer. Era um canto. Belo. Mas carregado de algo mais. Algo que escorria pelas frestas do tempo. Que encharcava o chão. Que se espalhava pelo ar seco.

Dream a little dream of me…

O Homem conhecia aquela música. Não sabia de onde. Mas reconheceu, no instante em que as palavras tomaram forma, no ar, arrastando-se até ele como um chamado impossível de ignorar. Seus pés começaram a se mover. Sem pensar. Sem perceber. A sede e o cansaço desapareceram. O deserto sumiu. O Mini-Eu sumiu. Nada além daquela voz e daquela música importava.

Era ela, a mulher do porta-retrato. O batom, vermelho. Sentada sobre um piano que parecia tocar sozinho. Os pés, descalços sobre a madeira gasta; o vestido rasgado e sujo; o cabelo, se movendo com um vento invisível; os olhos cobertos por um véu fino. Uma barreira entre ela e o mundo. Entre ela e o Homem. Ela o percebeu antes que ele tivesse tempo de se esconder.

— Estranho… Achei que você já tivesse passado por aqui antes.

O Homem piscou.

— Eu nunca estive aqui.

Ela sorriu, mas não para ele.

— Todos dizem isso.

O Homem sentiu um aperto no peito. Olhou ao redor. O salão. O calor. A sede. Mas o olhar parou no copo que ela trazia nas mãos. De vidro simples. O líquido não refletia a luz. Ele a devorava. Denso. Escuro.

— O que tem aí?

As palavras escaparam, antes que ele pudesse segurá-las.

Ela inclinou a cabeça.

— Só o suficiente pra esquecer quem você é.

Sua voz era suave. Mas escondia algo.

— Quer um gole?

Ele hesitou.

Ela sorriu.

— Engraçado. Os que recusam são sempre os mais sedentos.

A garganta dele estava seca. O copo estava ali, esperando. Seus dedos tocaram o vidro gelado.

— Ah, ótimo. Lá vamos nós — rosnou o Mini-Eu, cruzando os braços. — O clássico truque do "parece água, mas é claramente um demônio disfarçado".

Ele mal ouviu. A sede zunia em sua cabeça. A mulher se inclinou sobre o balcão.

— Beba, forasteiro. Vai fazer você se sentir... em casa.

O bar inteiro silenciou.

Ele não percebeu.

O copo subiu até os lábios.

— Ah, não. — O Mini-Eu arregalou os olhos. — Eu sabia que você era burro, mas isso já é demais!

Ele inclinou o copo. A bebida começou a deslizar em direção à boca. Em um ato de coragem hercúlea, o Mini-Eu pulou sobre o balcão e deu um golpe seco na mão dele.

O vidro se estilhaçou contra a madeira. O líquido se espalhou. Não era água. Era algo vivo. Algo que borbulhava como petróleo quente, como sangue ruim, escorrendo pelos veios da madeira, tentando se infiltrar no mundo.

E foi aí que tudo se perdeu.

A mulher gritou. Não um grito humano. Algo profundo. Selvagem. O salão começou a derreter, como um reflexo distorcido em um espelho quebrado. As paredes dissolveram-se como tinta na água. E, no meio disso, ele viu, por um segundo, misturando-se a sua nova realidade: o apartamento. A luz azulada da TV, piscando. A garrafa vazia no chão. O cheiro de cigarro. Os sapatos pontiagudos. As caixas de pizza.

Tentou esticar a mão e, por um milésimo de segundo, quase alcançou as bordas de seu sofá. Sentiu seus dedos deslizarem pelo tecido grosso e, antes que pudesse tentar, outra vez, sentiu o gosto de areia na boca.

Acordou, de joelhos, na areia. O sol queimava. O deserto se estendia ao redor. Sem sinal do *saloon*. Sem som. Só ele. E o Mini-Eu. O pequeno sacudia a poeira das roupas.

— Bom trabalho, campeão. Você não morreu. Quer que eu peça uma medalha ou uma toalha?

O Homem arfou.

— O que... foi... aquilo?

O Mini-Eu deu de ombros.

— Isso? Ah, nada demais. Só uma armadilha de tentações, misturada com um teste básico de sobrevivência emocional.

— Teste emocional?

— Sim. Esse deserto, grandão, não é só areia. É o seu passado. Seus erros.

O Mini-Eu deu um tapinha na perna dele.

— Agora vamos. O oásis não vai se encontrar sozinho.

Com esforço, ele se levantou. O oásis ainda estava longe. Mas, agora, parecia um pouco mais real.

— Isso vai piorar antes de melhorar, né?

O Mini-Eu lançou um sorriso torto.

— Ah, com certeza.

Ele suspirou.

E então, deu o primeiro passo.

V

O oásis ainda parecia uma miragem distante, tremulando, no calor, como uma promessa vazia. Cada passo era um sacrifício. A garganta parecia coberta de cacos de vidro. O corpo inteiro protestava. O Mini-Eu, no entanto, continuava em plena forma.

— Sabe — disse ele, pulando sobre uma pedra, enquanto o Homem se arrastava —, você tem um talento incrível pra parecer um desastre ambulante. Tipo, se a vida fosse um concurso de fracassos, você já teria uma estátua.

— Ah, claro — murmurou o Homem, sem fôlego. — E você seria meu agente?

— Agente? Eu seria o diretor da sua empresa de desastres. Contrataria até um estagiário. Pensa nisso: Frustrações S.A., resolvendo nada desde sempre.

Ele revirou os olhos, mas, antes que pudesse responder, o deserto mudou. Diante deles, a areia deu lugar a algo impossível: uma planície coberta de objetos espalhados. Coisas jogadas ao acaso, estendendo-se até onde a vista alcançava.

O Mini-Eu abriu os braços.

— Bem-vindo ao Cemitério dos Inacabados!

O Homem parou.

— Que porra é essa?

O Mini-Eu se inclinou, teatralmente, sobre uma bicicleta velha, soprando a poeira de uma das rodas.

— Isso? Ah, só todas as coisas que você começou e nunca terminou. Bonito, né? Dá até pra fazer uma exposição de arte.

O Homem reconheceu de imediato.

Uma guitarra enferrujada. A bicicleta que comprou, mas nunca consertou. O tabuleiro de xadrez que sempre prometeu aprender a usar. Livros empoeirados, com marcadores presos na metade. Cadernos, cheios de ideias abandonadas. Até as roupas apertadas que ganhou de Natal e nunca trocou. O estômago dele afundou.

Mais à frente, algo chamou sua atenção: silhuetas humanas. Imóveis. De costas para ele. Conforme se aproximou, percebeu o que eram: ele mesmo.

Várias versões suas, em poses diferentes. Uma estava sentada diante de uma pilha de papéis, a cabeça enterrada nas mãos. Outra pintava uma tela incompleta, pincel no ar. Outra, inteiramente paramentada com roupas de esporte, fumava um cigarro, parecendo exausta.

O Mini-Eu sorriu.

— Cada um deles é um projeto ou objetivo que você largou pelo caminho. Olha aquele ali.

Ele apontou para uma versão sua, empurrando uma pedra morro acima. Só para vê-la rolar de volta.

— Metáfora demais? Ou tá de boa?

O Homem ficou em silêncio. Aproximou-se da versão que pintava a tela inacabada. As pinceladas pareciam familiares. Ele estendeu a mão e tocou o ombro da figura. Ela virou o rosto. Os olhos estavam vazios. Não, assustadores, apenas sem esperança.

— Por que você nos deixa aqui? — perguntou a figura, a voz baixa e cansada.

O Homem recuou um passo.

— Isso não tá ficando meio pesado? — murmurou para o Mini-Eu.

— Pesado? Nah. Tá ficando interessante.

O Mini-Eu subiu num sofá velho, jogado no meio da planície.

— Aliás, você devia falar com o cara da pedra. Ele tem umas coisas pra te dizer.

O Homem suspirou e caminhou até a versão sua que empurrava a rocha. Quando se aproximou, a figura parou. Largou a pedra. Ela rolou morro abaixo, com um estrondo.

A versão dele limpou as mãos e virou-se para encará-lo.

— Você sabe como isso termina, né?

O olhar pesava toneladas.

O Homem hesitou.

— Não sei.

Mentira.

— É claro que sabe.

A outra versão balançou a cabeça, impaciente.

— Você empurra, se esforça, quase chega lá e... desiste. Sempre. Porque desistir é fácil. Porque continuar significa que você pode falhar. E, sinceramente, você morre de medo disso.

O Homem sentiu o peso daquelas palavras. Porque era verdade. A versão cruzou os braços.

— E sabe o que é pior?

O silêncio se estendeu entre eles.

— Você acha que pode começar de novo. Que o peso vai sumir. Mas não, ele só acumula.

O Homem abriu a boca para responder. Não encontrou palavras.

— Então, qual vai ser?

A outra versão inclinou a cabeça.

— Vai terminar alguma coisa ou vai passar o resto da vida empurrando pedras?

O Homem respirou fundo. O cemitério, as versões de si mesmo, os projetos inacabados...

Era tão claro e tão confuso ao mesmo tempo.

— Como eu conserto isso?

Mas era tarde demais. A figura já havia voltado a empurrar a pedra. Mas, para sua infelicidade, seu fiel escudeiro a seguia.

— Boa pergunta.

O Mini-Eu pulou de volta para o ombro dele.

— Talvez você descubra sozinho. Ou, sei lá, a gente explode essa porcaria toda e segue em frente. Seria mais fácil, né?

O Homem olhou para o horizonte.

Já sabia o que isso significava.

Era hora de continuar andando.

VI

O sol queimava, alto, no céu. Imóvel. Um olho gordo, observando a terra, sem piedade. O deserto se estendia em todas as direções, sem princípio ou fim. Sem nada que dissesse que ali já existira vida. Sem qualquer promessa de que um dia voltaria a existir. O calor fazia o horizonte ondular. O vento seco arrastava grãos de poeira, esculpindo dunas que amanhã não estariam mais ali.

E, no meio de tudo isso, uma figura curvada. Ele cavava. Não era velho. Nem exatamente jovem. O cabelo desgrenhado, as mãos descarnadas, puxando areia, como um viciado procurando a última gota no fundo de uma garrafa vazia. A camisa aberta revelava um peito ossudo, coberto de pó.

O Homem o viu à distância. E algo se agitou dentro dele. Um fragmento de memória. Um poema rabiscado em um caderno. Capa dura, laranja e azul. Um nome apagado na lombada. Um poeta. Um andarilho. Um estrangeiro. O poeta murmurava palavras. Baixo. Distante.

— "Encontrei a eternidade... É o mar misturado ao sol."

O Homem se aproximou. O poeta não ergueu os olhos.

— O que está fazendo?

Ele cavava. Sem parar.

— "Pelas estradas, nas noites de inverno, sob céus sem casa..."

As palavras pareciam com uma confissão para um padre inexistente. O Homem hesitou.

— Você está procurando água?

O poeta riu. Baixo. Sem alegria.

— "A água é para acordar o morto".

O que isso queria dizer? Quem era o morto? Mas, de alguma forma, ele sabia. Sabia que aquilo também era dele. Ajoelhou-se ao lado do poeta. E começou a cavar.

No início, a areia cedeu, fácil, mas logo ficou pesada. Grossa. O calor dobrou. Triplicou. Os braços já não pertenciam a ele. As mãos se abriram, em feridas. O suor descia pelo rosto, a poeira grudava na pele. O poeta continuava cavando. Calmo. As palavras escapavam, de sua boca, sem esforço.

— "Que venham os tempos... Nós seremos os mestres..."

O sol moveu-se acima deles. Porém, ali embaixo, não havia tempo. Não havia ontem nem amanhã. Só a areia. Só o buraco crescendo. Só o corpo se desfazendo aos poucos. E, então, algo mudou. Uma rachadura. Água. Tímida. Suja. Mas ali.

O poeta parou. Observou, como se visse algo sagrado. Os olhos brilharam. Cheios de um triunfo estranho. Abaixou-se. Mergulhou as mãos trêmulas na água.

E bebeu.

O Homem observou. A garganta, seca demais para comemorar. Ele seria o próximo. Contudo, no instante em que o poeta bebeu...

A água começou a sumir. Escorrendo para a terra. Afundando na areia.

— Não!

No entanto, antes que pudesse dizer qualquer coisa, o poeta não estava mais lá. Apenas o buraco vazio. O buraco. A areia. E o silêncio absoluto do deserto. O corpo cedeu. Caiu de costas. O céu queimava. Azul infinito. Queimando sua pele. Queimando seus olhos. Queimando tudo o que ele ainda era.

Fechou os olhos. E, então, uma voz.

— E agora?

O Mini-Eu, sentado ao lado dele, na areia. Pernas cruzadas. Olhos semicerrados.

— Finalmente, né? Você tentou. Tem que admitir. Mas é isso. Fim da linha.

O Homem não respondeu. O Mini-Eu pegou um punhado de areia. Deixou-a escorrer pelos dedos.

— E sabe o que é mais engraçado? — murmurou. — O oásis nunca existiu.

Virou a cabeça. O Mini-Eu estava apagado. Não como o poeta. Não de repente. Mas como algo que não tinha mais força para continuar existindo. Uma sombra ao pôr do sol. O Homem olhou para cima. O céu não era mais o mesmo. Lá no horizonte, uma linha escura crescia. Nuvens. Negras.

Densas. O vento soprou frio. Pela primeira vez em muito tempo. A poeira se ergueu. Espirais no ar.

O Homem respirou fundo. Fechou os olhos por um instante. Então, uma gota caiu em sua testa, depois outra. Ele abriu os olhos e riu. Riu porque a chuva caía. Riu porque estava molhado. Riu porque o deserto sumia. Riu porque, no final, não sentia mais a garganta seca.

VII

Quando abriu os olhos, a primeira coisa que viu foi o sofá. O mesmo sofá horrível. Mole demais, duro demais. A segunda coisa foi o copo d'água na mão. Fresco. Reluzente, com gotas de condensação. Piscou, grogue e desorientado, enquanto o resto do cômodo entrava em foco: as caixas de pizza ainda estavam lá; as garrafas, vazias; a mancha de batom na mesa de centro. Tudo exatamente como antes. Como se o universo tivesse apertado "pausa", enquanto ele se perdia no deserto. Ele inspirou fundo.

— Bom... isso foi estranho.

Sentou-se, devagar. Sua cabeça não latejava mais. A garganta não parecia ter sido enxaguada com cinzas. Sentia-se... diferente. Mais leve. Não ótimo, mas também não terrível.

— Bem-vindo de volta, campeão.

Ele congelou. Virou-se, lentamente, para a estante. Nada. Nenhuma versão minúscula de si empoleirada ali. Nenhum sorriso convencido. Nenhum comentário sarcástico. Apenas os livros, organizados em fila, julgando-o, silenciosamente, do jeito que só os livros sabem fazer.

Olhou para o bolso e puxou o minúsculo chapéu. Ele repousava na sua mão, impossivelmente pequeno, impossivelmente real. Por um momento, ficou apenas olhando, esperando que O Mini-Eu surgisse, do nada, com algum comentário espirituoso.

Mas o apartamento permaneceu quieto.

Colocou o chapéu sobre a mesa de centro e tomou um longo gole de água. Estava fria, refrescante e absurdamente satisfatória. Enquanto bebia, ouviu vozes pelo corredor. E passos. Uma sensação de calor familiar o envolveu, acompanhada de um cheiro doce. Ela entrou na sala. Ele fingiu estar dormindo, confuso demais com a sua beleza. Não era a garota da foto, ela era mais bela ainda. Ela flutuou até a cozinha, suas coxas delicadas, longos cabelos loiros, e os olhos mais brilhantes que ele já tinha visto. Da cozinha, ela disse:

— Você quer alguns ovos, meu amor?

Isso foi tudo. Isso foi o suficiente.

Ele perguntou sobre o filho deles. Ela apontou para a porta do quarto dele, e, colocando a mão contra a bochecha, silenciosamente lhe disse que ele estava dormindo.

Pela janela, ele podia ver parte da roda-gigante no píer de Santa Mônica.

O oceano. A areia. O céu sem nuvens.

Ele estava em Los Angeles.

E a vida era boa.

FAMARA

I

Ela era silenciosa, de todas as maneiras que o silêncio pode ser. Havia uma quietude nela que fazia o mundo ao redor parecer barulhento demais, inquieto, violento. Sua respiração, pesada, densa, falava mais do que qualquer palavra. Quando ela caminhava, a areia sob seus pés mal se movia, para não perturbar a terra. Foi essa quietude que, primeiro, me atraiu, que me fez querer preencher os espaços vazios, ao redor dela, com tudo o que eu tinha medo de dizer.

Nós nos conhecemos, como a maioria das histórias começa, por acaso. Eu não estava procurando por ela. Na verdade, eu mal estava procurando por algo. Mas lá estava ela, uma suave ausência de som em um mundo cheio de ruídos. E, uma vez que eu a notei, não havia mais volta.

Eu a observei por muito tempo antes de nos falarmos. Ela tinha uma maneira de existir que fazia você sentir que ela não pertencia a este mundo. Não era apenas o silêncio — era o jeito que ela parecia desaparecer na multidão, sem nunca realmente se misturar; o jeito de seus olhos nunca se demorarem em nada, como se nada ao seu redor valesse a pena ser notado. E isso me matava: que alguém pudesse passar pela vida com tanta indiferença, carregando a certeza de que o mundo já havia decepcionado e nada mais valia a pena.

Com o tempo, ela se tornou uma obsessão. Eu me encontrava nos mesmos lugares que ela frequentava — cafés, parques, ruas estreitas —, fingindo que estava ali por acidente. Mas nunca era um acidente. Mesmo assim, ela nunca me notava. Nem uma vez. Ela estava envolta em si mesma, em seu mundo silencioso, e a ideia de que eu poderia observá-la era provavelmente tão estranha para ela quanto a ideia de falar comigo.

Existe um tipo de loucura que nos toma quando nos obcecamos por alguém. Eu criei toda uma história ao redor dela, sem nunca saber seu nome. Imaginei sua vida e preenchi os silêncios com detalhes que, provavelmente, nunca existiram. E me apaixonei por essa versão dela que criei dentro de mim. Gostava que ela fosse incognoscível, intocável, porque isso a fazia parecer algo mais do que humana. E, uma vez que você coloca alguém em um pedestal, assim, é só uma questão de tempo antes da queda.

A primeira vez que nos falamos não foi nada grandiosa ou romântica; apenas palavras secas. Eu estava sentado em um café à beira-mar, fingindo ler um livro que eu havia pegado apenas para parecer ocupado, quando ela se sentou à mesa ao lado da minha. Ela não olhou para mim, não deu nenhum sinal de que sabia que eu estava ali. Porém o ar ao redor dela mudou, e eu pude sentir.

Por um longo tempo, ficamos apenas assim — eu, lançando olhares por cima do livro, e ela, olhando para o mar. Eu me perguntava o que ela estava pensando, o que mantinha seus olhos tão fixos no horizonte, como se o mar guardasse algum segredo que ela estava tentando desvendar.

Eu queria dizer algo — qualquer coisa —, mas as palavras pareciam ridículas em sua presença. O que eu poderia oferecer a alguém tão absorvida em seu próprio silêncio? Contudo, a obsessão torna um homem ousado. Depois de uma longa espera, inclinei-me em sua direção. Minha voz quase firme.

— Você vem aqui com frequência?

As palavras eram patéticas, quase risíveis, mas cumpriram seu papel e chegaram ao seu ouvido.

Ela virou a cabeça, lentamente, seus olhos encontrando os meus, pela primeira vez; e, naquele momento, senti que havia entrado em seu mundo. Não foi um sorriso ou um aceno, apenas um olhar — calmo, impenetrável. Então, finalmente, ela falou.

— Às vezes.

Foi só isso. Apenas uma palavra. E, por razões que eu não podia explicar, foi o suficiente. Depois de semanas observando-a, imaginando sua vida, aquela única palavra mudou tudo. De repente, ela era real, e isso me aterrorizava.

Nós não nos falamos de novo por dias depois daquilo. Ela vinha e ia como sempre, silenciosa, e eu voltei a observá-la. Mas agora era diferente, depois de escutar sua voz. Eu havia quebrado o feitiço com aquela única palavra e agora tudo parecia real demais, vulnerável demais.

Em uma dessas noites, ela não foi embora. Eu estava sentado no mesmo café, no meu lugar de sempre, esperando vê-la se afastar, como sempre fazia. No entanto, dessa vez, ela ficou. O céu tinha se tornado de um laranja profundo, e lá estava ela, parada à beira da água, sua silhueta escura contra a luz. Pela primeira vez, ela olhou por cima do ombro — para mim.

Eu congelei. Ela não se mexeu, por um momento, apenas olhou, decidindo se atravessaria ou não a linha invisível que traçamos entre nós. Então, ela se virou e caminhou em minha direção.

Ela se sentou na minha frente, seus olhos ainda mantinham aquele olhar calmo e indecifrável, e, por um longo tempo, nenhum de nós falou. O silêncio entre nós não era desconfortável — muito pelo contrário, nós dois sabíamos que o que precisava ser dito já havia sido falado através de todos aqueles dias de olhar e de não olhar.

— Você vem aqui muito — ela disse. Não era uma pergunta. Era um fato.

Eu assenti.

— Venho.

Ela olhou para a mesa, traçando a borda da xícara com os dedos, e, pela primeira vez, eu vi algo se quebrar nela. Não foi muito, apenas um brilho — uma pequena rachadura naquele exterior calmo. E foi aí que eu soube, sem que ela dissesse uma palavra, que ela também estava me observando.

— Eu sempre me perguntei quando você diria algo mais — ela disse, sua voz baixa.

Lá estava. O convite que eu estava esperando. Contudo, agora que tinha chegado, eu me sentia despreparado; a realidade, pesada demais para lidar. Mas a obsessão, o amor — o que quer que fosse — tornaram-me imprudente.

— Eu não achava que precisava — respondi, mal sabendo o que queria dizer.

Ela sorriu, um sorriso pequeno. Não era o tipo de sorriso que enche a sala. Era silencioso, como tudo nela. Porém era o suficiente.

A partir daquela noite, as coisas foram diferentes. Não precisávamos falar muito. As palavras pareciam desnecessárias nos espaços que compartilhávamos. Às vezes, nos encontrávamos no café; outras vezes, caminhávamos pela praia. Eu nunca perguntei de onde ela vinha, e ela nunca me contou. Entendíamos que saber mais arruinaria a fragilidade do que construímos. Ela permaneceu um mistério e era isso que me fazia voltar.

Havia momentos, porém, em que o silêncio entre nós era mais pesado — quando seus olhos se perdiam no horizonte e eu podia ver sua mente se afastando, perdida em algo que eu nunca tocaria. Era nesses momentos que eu sabia que ela partiria, uma hora ou outra. Não era algo que ela dizia, era apenas algo que eu sentia, como uma promessa não dita entre nós.

II

Foi ideia dela irmos para Famara. Eu nunca perguntei por quê. Talvez ela precisasse do mar, do ar aberto, da sensação de estar livre do mundo. Talvez ela só quisesse desaparecer em um lugar que fosse tão silencioso quanto ela. Eu nunca questionei. No momento em que ela sugeriu, eu sabia que iríamos.

Pegamos um voo ao amanhecer. À medida que o avião ganhava altura, o mundo abaixo se desfazia em um azul profundo, um Atlântico sem fim. Pequenas manchas começaram a surgir na imensidão do oceano — as Ilhas Canárias, dispersas como fragmentos de uma terra esquecida, onde o tempo parecia ter parado. Da janela, o contorno de Lanzarote começou a se revelar. Quando as nuvens se abriram, ela pressionou o dedo na janela, apontando para o pedaço de terra mais distante.

— É ali que vamos — sussurrou, os olhos fixos na imensidão pálida e árida da ilha.

Lanzarote era uma paisagem quase alienígena, uma ilha marcada pela lava e pelo tempo, onde o verde era raro e a vida parecia resistir por pura teimosia. No meio daquela vastidão desértica, Famara se fazia visível pelo inconfundível azul de seu mar, um pequeno pedaço de vida, cercado por uma ilha queimada. Pousamos e senti o calor seco me envolver. Alugamos um carro e seguimos em direção a Famara.

A primeira vez que descemos aquela longa estrada até a praia, parecia que estávamos deixando o resto do mundo para trás. Os campos varridos pelo vento, que eram, ao mesmo tempo, áridos e férteis; a paleta de cores, que se parecia com um antigo globo; o verdadeiro sal da terra; o começo e o fim. As nuvens, roçando os cumes das montanhas enormes, as cicatrizes de lava que contavam a história da ilha e, ao longe, o mar, misturando-se com o azul do céu, cortado pelas montanhas cor de leão, que protegiam a praia. Famara não era apenas um lugar. Era uma fuga, um recorte no tempo, onde tudo parava.

Quando chegamos, ela saiu do carro, sem dizer uma palavra, e caminhou diretamente até a beira da água. O vento forte puxava seu cabelo, mas ela ficou ali, imóvel como sempre, olhando para o oceano, hipnotizada. Eu fiquei no carro, observando-a.

— É aqui — ela finalmente disse, sua voz misturando-se com o som das ondas.

Eu não perguntei o que ela quis dizer. Eu já sabia. O que quer que fosse *aqui*, eu também sentia. Aquele lugar, aquele momento, aquilo parecia definitivo.

Famara se tornou o nosso mundo. Os dias se estendiam infinitamente, sem noção de tempo ou responsabilidade, apenas o sol, o mar e o entendimento silencioso de que isso era tudo o que tínhamos. Vivíamos como se nada mais importasse, como se o resto do mundo tivesse desaparecido — e, talvez, para nós, tivesse mesmo.

Passávamos as manhãs na cama, o sol filtrando-se pelas cortinas, criando sombras preguiçosas sobre nós. Eu a observava acordar, seu corpo curvilíneo e macio, e seu silêncio, de alguma forma ainda mais profundo, nessas primeiras horas do dia. Nunca falávamos muito de manhã — palavras pareciam uma intrusão, um lembrete de que não estávamos sozinhos no universo. Em vez disso, deixávamos nossos corpos falarem. Sua pele cheirava a sal, e os lençóis se impregnavam com o cheiro do oceano. Estávamos leves, suspensos em uma realidade que só pode existir quando o mundo lá fora já não existe.

Tomávamos vinho no café da manhã, enquanto nos deitávamos na areia ou na varanda da pequena casa que reivindicamos como nossa. As manhãs se desfaziam nas tardes e, quando o sol estava alto, tirávamos nossas roupas, corríamos para o mar, e sua risada, rara e cheia de vida, quebrava o silêncio que a definia. Nua, na água, ela parecia algo saído de um mito; seu corpo, feito do próprio mar, misturava-se às ondas. Eu a observava nadar, mergulhando abaixo da superfície, e, todas as vezes que ela desaparecia sob a água, meu coração parava só de pensar que ela nunca mais fosse voltar. Mas ela sempre voltava, rindo, seu cabelo escorrendo pelas costas enfeitadas de pintas. Eu estava embriagado dela e da liberdade que encontramos em Famara.

À tarde, caíamos exaustos na cama; nossos corpos, queimados; o calor do dia ardendo nossa pele. Não nos importávamos. Fazíamos amor até nossos corpos doerem, até que o sal do mar se misturasse ao nosso suor. Ela tinha o gosto do oceano, como algo selvagem e indomado, e todas as vezes que a tocava era como recuperar algo que pensava ter perdido há muito tempo. Eu nunca me saciava. Quanto mais eu tinha dela, mais eu precisava.

Ao pôr do sol, abríamos outra garrafa de vinho, sentávamos na varanda e observávamos o céu arder. O ar era pesado com o cheiro do oceano e a fumaça dos cigarros que compartilhávamos. Ela dava longas tragadas; seus olhos, semicerrados; perdida em pensamentos que nunca compartilhava. Havia algo profundamente misterioso na maneira como ela se comportava naqueles momentos; o vinho manchando seus lábios, seu corpo envolto apenas pelos últimos raios de sol.

Vivíamos como animais, movidos por instinto, pelo desejo, pela necessidade crua de escapar de nós mesmos. E, nessa fuga, encontramos algo puro, algo que não poderia existir em nenhum outro lugar.

III

Porém nada tão intenso pode durar para sempre. As noites começaram a esfriar e o sol se punha mais cedo. O verão interminável que criamos para nós mesmos começou a desaparecer e, com ele, a ilusão de que podíamos viver fora do mundo real. Foi o vento duro e seco que nos trouxe de volta à realidade. Eu podia vê-la em seus olhos — ela também sentia.

De repente, ela ficou inquieta. Eu acordava no meio da noite e a encontrava caminhando pela praia, sob a luz da lua. Eu a observava, da janela, sua silhueta pequena e frágil, na vastidão da noite, e sentia uma dor no peito, um medo de que ela estivesse escapando de mim. E ela estava, de certa forma. Ela estava se afastando do sonho que construímos, de volta ao silêncio que sempre me atraiu nela.

Uma noite, enquanto estávamos sentados na varanda, ela se virou para mim, com um olhar que eu nunca tinha visto antes.

— Não podemos ficar aqui para sempre — ela disse.

Eu assenti, embora meu peito apertasse.

— Eu sei.

— Vamos ter que voltar — ela disse, enquanto acompanhava, com os olhos, o sol se pôr. — Voltar para tudo.

Eu queria discutir, gritar, suplicar, dizer que não precisávamos, mas sabia que aquele era o final. Tivemos nosso tempo e agora ele estava acabando.

Aquela noite foi diferente das outras. Ela tinha o cheiro do fim. Nós nos deitamos na cama, mas não nos tocamos, pela primeira vez. Então, ela se virou para mim e, em seus olhos, eu vi tudo o que ela nunca disse, tudo o que estava guardado.

— Eu vou embora amanhã.

Senti um sufoco crescer dentro de mim, uma necessidade desesperada de puxá-la para perto, de convencê-la a ficar. Mas eu não me mexi.

— Para onde? — perguntei.

Ela balançou a cabeça; um pequeno, triste sorriso nos lábios.

— Importa?

Eu queria dizer que sim, exigir uma resposta, agarrá-la, mas eu sabia que ela estava certa. Não importava. A única coisa que importava era que ela estava partindo. E não havia nada que eu pudesse fazer para impedir.

Nós não dormimos naquela noite. Ficamos deitados ali, lado a lado, enquanto as horas passavam, enquanto o céu lá fora mudava de preto para cinza, enquanto a primeira luz da manhã nascia. Ouvíamos as ondas, o vento, o mundo acordando ao nosso redor, e não dissemos uma palavra.

Quando a manhã chegou, ela se levantou sem olhar para mim, vestiu suas roupas e saiu pela porta. Eu a observei partir, mas não me movi. Fiquei onde estava; me mexer tornaria tudo real. Escutei o arranque do motor do carro, ouvi os pneus esmagarem os seixos da rua e, então, ela se foi.

IV

Demorei a criar coragem. Porém, quando percebi que, com a partida dela, tudo ao meu redor começaria a desaparecer, restando-me apenas o vazio, não podia ficar parado. Não ia deixá-la sumir assim, não depois de tudo.

A moto do vizinho estava encostada no quintal, como sempre. Ele não ligaria; já tinha me visto usar antes. Peguei a chave que ficava no bolso do banco, liguei o motor e acelerei.

A estrada que saía de Famara era estreita, sinuosa e perigosa. Serpenteava entre penhascos, dunas e o mar seco, de lava, que desenhava a ilha. O carro dela estava longe, mas eu ainda podia vê-lo: um ponto escuro contra a paisagem pálida, movendo-se rápido, rápido demais.

Ela estava tentando fugir de tudo — de mim, de Famara, da vida que construímos, do silêncio que sempre pairou entre nós. Ela estava tentando escapar de si mesma.

A estrada começou a subir, em direção a Haria, onde os penhascos caíam em um vazio, nada além de ar e do mar de Famara muito abaixo. Eu vi o carro dela fazer uma curva fechada, fechada demais, as rodas traseiras deslizando perigosamente perto da borda do penhasco. Ela não diminuiu a velocidade. Ela não parou. Ela continuou na estrada, cada vez mais rápido, ignorando os perigos: a possibilidade da queda e a falta de controle.

Agora eu estava perto, perto o suficiente para vê-la pelo vidro traseiro, suas mãos agarrando o volante com tanta força que os nós de seus dedos estavam brancos. Seu cabelo se contorcendo ao vento, emaranhando-se ao redor do rosto, quase escondendo seus olhos — os únicos que me diziam a verdade. Gritei o nome dela, mas o vento arrancava o som da minha boca.

Mais uma curva. Eu vi o carro deslizar, as rodas traseiras levantando do chão por um segundo. O carro derrapou, descontrolado, os pneus marcando o asfalto. E eu tentava encontrar seus olhos.

O carro girou com violência, arremessando-se no abismo do penhasco, levando consigo as pedras que margeavam a estrada, as ervas secas que teimavam em sobreviver na encosta e, junto com elas, tudo o que restava do meu mundo. Em questão de segundos, nosso silêncio era sacramentado, tornando-se eterno, infinito.

Famara levou-a.

V

De repente, todas as cores do mundo tornaram-se ocre, da cor da ilha que a engoliu. Famara arrancou meus olhos com a brutalidade de seus penhascos; olhos que nunca se encontraram com os dela, para um adeus. A obsessão que, antes, tomava conta de mim desaparecera. A quem eu adoraria, senão a ela?

Deixei a moto na beira do precipício, mas não tive coragem de olhar para baixo. Não suportaria. Lá embaixo, enroscado nas rochas, estava o fim do mundo. As entranhas da terra, expostas, sangrando o vazio de uma terra desolada pelo vento e pelos vulcões. Queria descer, puxá-la pela mão e trazê-la, de volta, ao que ainda restava de firme. Porém sabia que era impossível.

Pensei no dia em que chegamos à Famara, nas promessas que trocamos — de nunca nos deixarmos, de vivermos eternamente amalgamados no calor das areias de Lanzarote. Mas sua ausência me apresentava o mundo, como a cortina que se abre, num palco, revelando a cena. Sem ela, eu já não podia fugir. Fugir do quê? De mim mesmo? Irônico! Eu era a única parte dela que restava neste mundo. Minhas memórias, a única coisa capaz de mantê-la viva. E soube, naquele momento, que já não viveria para mim, mas para ela. Para que, de algum modo, ela continuasse a existir.

Acendi um cigarro. O que mais eu poderia fazer? Fiquei ali, o vento arrancando a fumaça dos meus lábios antes que ela tivesse sequer a chance de chegar aos pulmões. O frio não importava, o cheiro de sal e gasolina se misturava em seu perfume, que se agarrava às minhas roupas.

Dei outra tragada, deixando a fumaça queimar nos pulmões, desta vez, e olhei para o lugar onde o carro dela tinha caído. Que jeito de morrer! Sem últimas palavras, sem confissões sussurradas. Apenas um grito de pneus, uma curva fechada, e depois... nada. Imaginei-a lá embaixo, os destroços se misturando às rochas, o mar lambendo seus restos, como um animal faminto. Agora, ela fazia parte disso; parte do caos, da violência das ondas contra as pedras. Talvez fosse o lugar ao qual ela realmente pertencesse.

Eu achava que podia salvá-la. Achava que podia segurá-la, mas ela pertencia a algo mais selvagem, algo que eu nunca poderia tocar ou entender. Quis culpá-la. Quis gritar, socar o vento, me jogar daquele penhasco atrás dela. Mas do que adiantaria? Ela já se fora. Talvez, na verdade, ela já tivesse ido muito antes de o carro sair da estrada. Talvez nunca tenha estado realmente aqui.

O cigarro queimou até o filtro, e eu o joguei para o abismo, observando-o cair no vazio. Fiquei ali por muito tempo, esperando que algo — qualquer coisa — fizesse sentido. Mas nunca faz. Nunca faz, porra. A vida não te dá finais arrumadinhos ou respostas fáceis. Às vezes, só te restam os destroços, e você tem que viver com isso.

E foi, então, que senti o vento quente bater na minha nuca. O mesmo vento que nos embalou, nos nossos momentos mais felizes. Com ele, o barulho cessou. O cheiro do mar invadiu minhas narinas, e pude sentir seu gosto em minha boca. De lá de cima, olhei para Famara, pequena e distante, silenciosa, como ela era. E soube que precisava descer. Estar vivo era a única coisa que poderia trazê-la de volta.

VI

Voltei para a casa. Nossa casa. Não parecia vazia, parecia viva, vibrando com a presença dela. Eu não toquei em suas coisas; eu não precisava. Tudo era ela — as paredes, o chão, o próprio ar que eu respirava. Ela estava em tudo. E agora eu fazia parte de seu mundo, do jeito que sempre quis.

Não saí de Famara. Ela estava aqui e, assim, eu fiquei, vivendo minha vida em devoção a ela. Parei de ver outras pessoas, parei de fingir que me importava com algo fora deste lugar. Eu tinha tudo o que precisava aqui — ela, no som das ondas e no toque do vento contra a minha pele. Ela, na maneira como os penhascos se erguiam, altos, acima de mim, firmes e eternos, observando tudo.

Eu caminhava pela praia por horas, falando com ela, sentindo-a em cada grão de areia. Ela respondia, às vezes, no farfalhar da brisa pela grama das dunas; às vezes, no suave toque da maré contra a costa. Eu contava tudo para ela, confessava as coisas que nunca tinha dito quando ela estava aqui e ela ouvia, como sempre fazia, silenciosa. Eu caminhava nas ondas, deixando-as lamberem minhas pernas, e eu podia sentir seu toque em cada ondulação. O mar já não era frio — era quente, como sua pele, como o abraço que compartilhamos nas noites de Famara. Quanto mais eu adentrava, mais perto eu me sentia dela, sentindo sua presença fundida ao oceano, me cercando, me chamando.

À noite, eu dormia com as janelas abertas, o som das ondas embalando-me até vir o sono. Eu podia senti-la, ali, no ar fresco que enchia o quarto, no suave balanço das cortinas. Ela estava comigo. As pessoas da cidade vinham, às vezes. Faziam perguntas, falavam em voz baixa, ignorando minha presença. Eu não me importava. O que eles sabiam? Eles não podiam entender o que eu tinha, o que ela havia se tornado. Eles me olhavam como quem vê algo irremediavelmente partido, como se eu fosse alguém sem rumo. Mas eu não estava sem rumo.

Eu vivia por ela. Ela nunca foi mais real para mim do que era naquele momento. Cada pôr do sol, cada rajada de vento, cada onda que se chocava era ela, falando comigo, segurando-me em seu peito. Ela estava lá, e eu nunca partiria.

VII

Foi no segundo mês, após sua morte, que notei pela primeira vez. Acordei de um sonho ruim. Era cedo, um silêncio escuro ainda pairava sobre tudo, e eu esfreguei meus olhos. Sentei-me na beira da cama, os dedos pressionados contra os joelhos, tentando capturar um pouco de firmeza, encarando o dia como se ele fosse uma sentença. No entanto, quando finalmente me levantei, vi algo nos lençóis. Pequenos grãos dourados, espalhados pelo colchão.

Grãos de areia. Por um instante, fiquei observando; não me lembrava da última vez que havia ido à praia e, mesmo assim, a areia estava ali, quieta, em meio aos vincos do lençol. Passei a mão pelos cabelos, buscando afastar a sensação de estranheza, e vi mais grãos escorregarem entre meus dedos, descendo em uma cascata quase imperceptível, como poeira desfazendo-se ao toque.

Caminhei até o armário para buscar minhas calças. As mesmas de sempre, aquelas que vinham aguentando os dias e as noites há tanto tempo. Puxei-as pelo corpo, sem pressa, mas algo não encaixou como antes. A cintura deslizou e cedeu, fez-se um vazio entre minha pele e o tecido, um espaço frio e solto onde, antes, havia corpo, carne, peso. As calças desceram pela cintura e despencaram no chão. Eu estava encolhendo, sumindo, me esvaziando de mim.

Fiquei ali, parado, olhos no tecido amontoado aos meus pés, sem compreender. Era verdade que eu não comia direito fazia dias, semanas talvez. A fome, como tudo o mais que o luto traz, havia se tornado uma companheira. Porém, ainda assim, não era o suficiente para explicar aquela falta de corpo, aquele vazio em volta da minha pele.

Parado, olhei para minha mão. Tentava sentir algo familiar, mas tudo me escapava. Era a mesma mão de sempre, mas havia uma textura, um toque fantasma, algo que não se encaixava. Sacudi a cabeça, respirei fundo e decidi que não cederia à loucura tão cedo. Talvez fosse cansaço, talvez fosse a tristeza.

Decidido a seguir normalmente com meu dia, fui para o mundo, mas a areia me perseguia. Ela estava nos detalhes. No café, ao apoiar o copo sobre a mesa, um pequeno círculo de grãos surgia ao redor. Nas ruas, ao caminhar, percebia que meus sapatos deixavam rastros onde nem mesmo o vento alcançava; minha sombra, carregando o peso de um deserto invisível, que eu não conseguia ver, mas sabia estar ali. E, à noite, quando me deitava, o colchão se transformava. A superfície que, antes, era macia tornava-se áspera, empoeirada, como se o vento tivesse espalhado um oceano de areia sobre mim, enquanto eu dormia. E toda manhã, ao levantar, mais grãos repousavam ao meu redor.

No começo, pensei que fosse apenas parte da ilha, parte de Famara, da sua aridez, dos ventos que traziam fragmentos de longe. A areia, essa presença antiga e constante, infiltrava-se em cada esquina, nas rachaduras, respirava junto com a ilha. Os garçons do bar onde eu costumava ir me olhavam de um jeito que me incomodava; pareciam me enxergar por dentro, além do rosto cansado, além do meu silêncio. Eles trocavam olhares entre si; murmuravam, mas nunca diziam nada. Aqueles olhares carregavam uma estranha familiaridade. Talvez eles já soubessem. Talvez a ilha já tivesse reclamado outros antes de mim.

Com o tempo, aceitei sua presença. Percebi que a areia não me seguia, apenas; ela parecia estar em mim, como se tivesse crescido sem que eu percebesse. A cada grão que caía, sentia que algo se desintegrava, uma sensação de perder partes de mim mesmo, de me espalhar sem controle. Eu caminhava e deixava pedaços meus pelo chão, nas mesas, nas esquinas onde parava, em cada lugar onde meus pés tocavam. E, estranhamente, comecei a sentir a presença dela. Não o peso da morte, mas uma sensação de retorno. A cada parte que eu perdia, ela parecia mais próxima, em algum lugar ainda inalcançável.

Continuei, então, a cada dia um pouco mais leve, um pouco menos sólido, carregando a areia como uma segunda pele, sem saber até onde isso me levaria. Mas, de alguma forma, no fundo, eu sentia que o fim já estava decidido, que eu era apenas parte de um ciclo antigo, uma história que a ilha guardava e que eu começava a entender.

VIII

Talvez fosse a cor do sol, opaco e pálido, nascendo sob Famara, ou então o peso do tempo, que fazia minha visão se tornar turva e meus pensamentos cada vez mais estreitos. Lembro-me de respirar o ar salgado que pairava no horizonte, deixando que se prendesse aos meus pulmões como uma lembrança. A ilha inteira me chamava: as dunas, o vento e as rochas sabiam algo que eu não sabia; cada grão que se soltava do meu corpo era um convite para entrar, para fazer parte daquela paisagem. Meu corpo, há muito desfeito, já não tinha forma, apenas a sensação tênue de ainda estar ali, preso ao que restou de meu mundo.

Cada passo que eu dava deixava marcas suaves na areia, traços que o vento se apressava em apagar, como se eu nunca tivesse estado ali — uma miragem que o mar soprava para longe. Abaixei-me na beira da água, deixando a espuma das ondas se aproximarem, devagar, tão implacáveis e pacientes quanto eu me sentia. Diante de mim, o horizonte se estendia como uma linha sem fim, uma promessa silenciosa que eu não tinha pressa em decifrar. As ondas subiam e desciam em um ritmo que parecia carregar uma sabedoria além da minha compreensão; e eu assistia a essa dança, com a mesma calma implacável com que observava minha própria dissolução. Meus pés, meio enterrados na areia, sentiam o peso do mar e do tempo. O toque frio da água não me incomodava. Ali, naquela manhã cinzenta, eu era uma parte menor do todo, quase insignificante, uma figura na margem da realidade.

Minhas mãos, agora ásperas, eram só uma lembrança do que haviam sido. Toquei a areia e vi grãos finos se espalharem entre meus dedos, cada um misturando-se ao chão de Famara como gotas de chuva que se tornam uma só com a terra. A cada movimento, pedaços de mim se desfaziam, sem resistência, aceitando que me tornaria parte daquele lugar. Era uma sensação estranha, como ver a própria morte se desenrolar com os olhos bem abertos, mas sem dor, sem pressa, apenas com uma aceitação tranquila, quase reverente. Eu sabia que estava me desfazendo, que cada fragmento que caía era uma despedida silenciosa. E eu estava em paz com isso.

Não havia consolo, mas também não havia tormento. Tudo estava em suspenso, o tempo era um conceito distante, uma ideia vaga. Ali, naquela mistura de vento e água, senti a presença dela.

Foi então que entendi: eu estava voltando para ela.

O vento, mais forte agora, arrancava, com as mãos, o que restava de mim, espalhando-me ao redor de Famara. Meus dedos desapareceram primeiro, seguidos das pernas; o oceano clamando por minha alma. Meus olhos, já nublados e sem foco, fixaram-se naquele ponto onde o mar encontra o céu, o limiar entre mundos. Eu sabia que meu tempo estava acabando, que logo não haveria mais de mim, além da areia sob os pés de alguém, do sal grudado na pele, do vento entre os penhascos.

Uma onda se ergueu no horizonte, lenta e densa. Eu a observei, enquanto ela avançava. Ela crescia com uma intensidade que não podia ser interrompida, e havia uma beleza nisso — uma beleza tão profunda que me arrancava o último resquício de medo. A água escura e translúcida se enrolava, enquanto se aproximava; e eu me mantive imóvel, deixando que o corpo, já quase nada, quase pó, se dissolvesse com o vento e a luz daquele amanhecer que parecia eterno.

A onda avançou, cobrindo o último pedaço de mim, o oceano me chamava, e eu me entregava sem resistência. O que eu temia já havia passado. Agora, tudo era um retorno.

Fechei os olhos e, por um momento, tudo se apagou. Porém, naquele silêncio, naquele instante, eu ainda sentia sua presença. Ela me envolvia, me puxava; suave, mas irresistível, como se nunca tivesse deixado de estar ali. Eu sabia que, ao me entregar ao mar, não estava apenas desaparecendo. Estava voltando para ela, tornando-me parte dela. Nós nos tornaríamos um só. Ela estava em toda parte e, agora, eu também estaria.

Agora, quando o vento sopra pelos penhascos, ele carrega nossa história. Quando o mar se choca contra as rochas, ele canta a canção de nós dois, do que éramos, do que nos tornamos. Eu sou a areia sob seus pés, o vento no seu cabelo, o sal que permanece na sua pele. Somos um, agora e para sempre, em Famara.

AS AVENTURAS DE DYLAN

Dylan sempre quis que sua vida fosse uma grande aventura.

Dylan veria a luz rasgar a escuridão: um estalo, um clarão, um sopro de existência espalhando-se como uma febre que nunca curaria. Ele engoliria o brilho, abriria os olhos e o mundo se dobraria, se torceria, se refaria. Nada perguntaria. Nada responderia. Dylan só abriria os braços e mergulharia no turbilhão.

Dylan sentiria o chão crescer sob seus pés, veria os mares se abrirem como costelas de um gigante esquecido. Afundaria os dedos na terra quente, sentiria o pulso da criação, vibrando sob as unhas. Árvores nasceriam dos poros do mundo, rios se arrastariam como serpentes famintas, o ar se encheria do cheiro de um começo que ainda não saberia o próprio nome.

Dylan correria, Dylan riria, Dylan encheria os pulmões e urraria, porque o som agora existiria. O ar vibraria, a luz dançaria, a poeira subiria.

Tudo se moveria, tudo existiria. Dylan estaria dentro da primeira manhã do mundo, e ele seria o primeiro a tocá-la.

Dylan veria os frutos, pendendo dos galhos, como promessas: doces, inchados, pulsantes, prontos para explodir entre os dentes. O vento murmuraria, as folhas tremeriam. Tudo brilharia demais, tudo seria puro demais. Dylan desconfiaria.

Dylan seguraria o fruto. Giraria entre os dedos, sentiria a pele macia, a aspereza do destino. Ele morderia sem rezar, sem pensar, sem medo. O gosto seria doce, o gosto seria amargo, o gosto seria tudo ao mesmo tempo. Ele cuspiria no chão e seguiria andando. Os portões se fechariam. O paraíso se dissolveria. O vento sopraria mais frio, o sol arderia mais forte.

Dylan andaria. A terra feriria os pés, a sombra o seguiria como um velho amigo. O suor escorreria, os músculos queimariam, a estrada se estenderia, sem volta, sem final. O mundo não seria um jardim. O mundo seria uma fome sem nome.

Ele navegaria pelos oceanos mais selvagens do mundo; lutaria contra os monstros mais perigosos; sobreviveria dias sem comida; enfrentaria tempestades que rasgariam os céus, suas velas, inchadas, pelo sopro dos ventos. Lutaria contra ciclopes de ferro e contra sereias cujos cantos prometem glórias inalcançáveis. Durante anos erraria, sem porto seguro, guiado por estrelas que nunca o levariam para casa. E, então, se casaria com a mais bela princesa que pudesse encontrar.

Dylan conheceria os gregos, os romanos, os egípcios. Ele ergueria pirâmides, lutaria contra leões enjaulados em coliseus lotados. Inventaria números, arte, palavras, pensamentos. Conquistaria terras e criaria religiões. E, quando se desse por satisfeito, conquistaria a mais destemida das rainhas e fundaria um império. Ele era o rei do mundo, fodendo e governando, sorrindo e brindando.

Dylan caminharia pelas margens de um rio caudaloso e decidiria que, ali, começaria algo maior que si mesmo. Os homens o seguiriam, olhos cheios de fé, como se ele fosse um profeta recém-saído das águas. Ergueria as primeiras pedras, guiaria mãos sujas de terra, ensinaria que sementes brotam, se alimentadas pelo tempo. Mas tempo não seria o suficiente. Dylan quereria mais: que seu nome fosse gravado no vento, que as montanhas sussurrassem suas façanhas, que os séculos se curvassem diante dele.

Dylan presenciaria o nascimento da palavra, o fogo da mente se acender e os homens moldarem o mundo com a língua afiada. Sentaria entre sombras barbudas, cuspindo fumaça e ideias, riscando o céu com pensamentos que queimam como estrelas cadentes. Os deuses dançariam por ele, mesmo sem saberem seu nome.

Dylan vestiria o sangue e marcharia, abrindo estradas, tomando vilas, ganhando batalhas. Seria forte e bem formado como Davi. Fundaria nações, ensinaria os homens a plantar, a construir casas, a estudar a fauna e a flora, a escrever livros, a pintar. Dylan ainda teria tempo de inventar o dinheiro e salvar a humanidade. Ele seria bom, ele seria um deus; tudo sempre daria certo para o pequeno Dylan. Dylan quer, Dylan tem. Ele controla tudo, está em toda parte. Dylan escraviza seu povo, faz que trabalhem. Ele é ótimo, tão produtivo! Dylan está em chamas novamente. Queime, Dylan, queime!

Dylan já não é mais um garotinho; ele não é mais puro e abençoado pelos deuses. Não há deuses, não há sereias, não há rainhas. O garoto, agora, é um homem forte, autossuficiente, e não há nada que ele possa fazer, além de queimar.

Dylan nunca descansa; Dylan está exausto, entediado. Ele quer seus bons tempos de volta;

precisa de algum rock'n'roll em suas veias. Ele quer lutar contra homens fortes como ele, quer usar o poder, quer se testar, ver do que é capaz. Quer construir máquinas, quer atirar, quer queimar — queimar nos homens, queimar nas mulheres, queimar na humanidade, queimar as pessoas que ele uma vez ajudou, queimar as cidades que ele construiu, queimar as palavras que escreveu. Ele quer queimar tudo o que já tocou e, quando terminar, quer se casar com a meretriz mais linda que encontrar e morrer.

Dylan está apaixonado novamente; Dylan é mais poderoso do que nunca, atirando estrelas e cagando ouro, sentado no colo de seu pai. Ele poderia viver assim para sempre. Dylan, agora, quer construir tudo de novo. Ele quer subir como uma fênix, ele quer aprender, ele quer saber tudo. Dylan clama aos deuses, Dylan suplica às rainhas, Dylan implora ao pó, Dylan pergunta a Jó. Dylan está perdido; ele não consegue encontrar esperança, não consegue ver a luz. Ele tenta e tenta, mas as chances estão contra ele, agora. Onde estão os bons velhos tempos? Ele fez tudo o que podia?

Dylan pensa em desistir; seus braços estão pesados sob o fardo da destruição; seus olhos estão cegos pelo brilho do ouro; sua perna, adormecida pelo peso que carrega. Dylan precisa de ajuda, Dylan quer ajuda. Ele não é mais a maior aventura do mundo; desaparece em seu próprio poder, não mais o poder sagrado que seus deuses uma vez lhe deram. Ele está bêbado com o poder da destruição.

Ele já não construía com as mãos, mas com uma pressa cega, uma necessidade desesperada de preencher um vazio que nem mesmo sabia existir. Os deuses que ele, outrora, venerava estavam silenciosos; as sereias, as rainhas, as grandes civilizações todas se foram.

Em algum momento, sem que ele percebesse, a velocidade com que vivia superou sua capacidade de sentir. Dylan, que antes era o mestre de seu destino, tornou-se um prisioneiro de sua própria urgência, um prisioneiro do tempo. Não havia mais nada a fazer, nada a conquistar, nada a destruir. Dylan já não vivia, apenas existia.

Foi no silêncio da ausência de movimento que Dylan percebeu o que sempre esteve diante de si, mas que nunca teve coragem de encarar:

O vazio.

O vazio de uma vida que, em sua pressa para ser tudo, acabou não sendo nada. Dylan sentiu, uma última vez, o peso de suas escolhas. E, com um suspiro final, aceitou o inevitável. O final chega do jeito que finais chegam: sem aviso, sem glória, só o gosto velho da nicotina na boca.

Dylan parou. Olhou ao redor. Não havia nada. Acendeu um cigarro, encarou o próprio reflexo e esperou sentir algo. Mas nada veio. Pegou o celular, abriu o aplicativo de fotos e postou uma selfie sem legenda. Dois *likes*. Um comentário de foguinho. Dylan respirou fundo. Ainda havia motivos para continuar.

NUVEM ARDENTE

Capítulo I

No antigo escritório, que pertenceu ao meu pai, escondido nos fundos da velha casa onde cresci, havia uma fotografia que sempre me chamava atenção. Era um retrato grande, emoldurado de maneira simples, pendurado na parede atrás da mesa onde ele costumava trabalhar. A imagem mostrava um homem no cume de um vulcão, braços erguidos, segurando uma bandeira contra o céu claro.

— Onde é isso, pai?

— Popocatépetl — ele respondia, em tom de reverência. Acendia um cigarro e deixava a fumaça desenhar formas invisíveis no ar. — Há muitos tipos de vulcões, você sabia? Cada um explode de um jeito, cada um tem sua maneira de contar uma história.

O cigarro queimava entre seus dedos, enquanto ele descrevia cada um.

— Os vulcões de escudo derramam lava sem pressa, construindo montanhas como rios petrificados. Os cones de cinza surgem do nada, um campo vazio num dia, um gigante cuspindo fogo no outro. As caldeiras são feridas, na terra, esperando o momento de reabrirem. As domas de lava crescem para cima, silenciosas, até que não aguentam mais e explodem.

Ele tragava devagar, os olhos distantes.

— Mas os estratovulcões... Esses são os maiores. Bonitos. Mortais. Popocatépetl é um deles.

Na época, eu ficava boquiaberto, pensando em um vulcão surgindo como um monstro inesperado. Agora, a fotografia estava na minha sala, encostada na parede, ao lado de uma pilha de caixas ainda por abrir. Minha vida parecia tão distante daquelas histórias! Nada, nela, tinha a grandiosidade de um vulcão. Não havia erupções, nem fogo nem cinzas — apenas dias que se repetiam; um terreno plano, sem falhas, sem explosões, sem vida.

Mas o que acontece quando algo fica tempo demais sem explodir?

Peguei a fotografia e a ergui, estudando aquele momento. Era como se meu pai estivesse me olhando, esperando que eu compreendesse algo que ele sabia, e eu não. Ao virar a moldura, encontrei uma mensagem.

"A montanha sempre devolve."

O que ele queria dizer?

O cheiro do cigarro dele parecia flutuar no ar. Ou talvez fosse minha imaginação. Fechei os olhos. De repente, eu estava no escritório outra vez.

— Popocatépetl é um guardião, garoto. Guarda lava, cinzas, histórias. As pessoas olham e veem montanhas tranquilas. Contudo, por dentro...

Ele soltou a fumaça.

— Por dentro, é um inferno.

Minha garganta secou.

— E quando a pressão é demais?

Ele apertou o cigarro no cinzeiro.

— Então, ele libera tudo. De uma vez.

Seus olhos se estreitaram.

— É assim que nascem as nuvens ardentes.

Um tremor atravessou minha espinha.

— O que é isso?

— Fogo. Cinzas. Pedras e gás. Um rio quente que desce a montanha sem aviso. Queima tudo no caminho. Nada escapa.

Silêncio. Apenas o vento lá fora.

— E depois?

Ele sorriu de lado.

— Depois, a montanha descansa. E o que foi destruído pode renascer.

A fotografia ainda estava na minha mão. Olhei para as palavras no verso.

"A montanha sempre devolve".

Talvez fosse um chamado.

Talvez fosse um aviso.

Mas eu não podia mais ignorar.

Capítulo 2

O avião balançou, ao cortar o céu sobre a Cidade do México. O ar quente preso no vale de Teotihuacan criou resistência sob as asas, sacudindo a cabine. Ajustei a bandeja à minha frente e olhei pela janela, apertando os olhos contra a luz do amanhecer.

Ele estava lá, Popocatépetl.

Menor do que eu imaginava. Ou, talvez, só menos imponente. A foto o mostrava como uma criatura ameaçadora, mas, dali, visto de cima, parecia contido. Uma expectativa suspensa, pronta para despertar.

O avião tremeu de novo. As luzes da cidade sumiram, atrás das nuvens, e o vulcão desapareceu.

Ninguém ao meu redor percebeu.

Presos às telas, às revistas, aos cafés, os passageiros não viram o céu nos engolir. Não viram o vulcão. Eu me perguntei se ainda sentiam alguma coisa. O comandante anunciou o pouso. Alguns suspiraram. Estavam vivos, afinal.

Aterrissamos com força. O impacto me jogou para a frente. Do interior hermético e frio da aeronave, fui lançado ao calor do México.

O aeroporto era um caos de vozes misturadas e malas arrastadas. Passei pela imigração como um vulto e segui o fluxo de gente até a esteira. Minha bagagem já girava no carrossel — apenas uma mochila, montada sem critério. As botas penduradas pareciam mais prontas para a escalada do que eu.

Levantei a mão e chamei um táxi.

Um sedã gasto parou diante de mim. O motorista usava um boné desbotado que parecia moldar-se à sua cabeça. Pele queimada de sol, barba rala. No crachá pendurado no retrovisor: Samir. Ele não parecia mexicano. Nem estrangeiro. Parecia alguém que havia pertencido a muitos lugares e a nenhum, ao mesmo tempo.

— Para onde? — perguntou, sem tirar os olhos de mim.

— Calle Gloria.

Ele tamborilou os dedos no volante.

— Se não se importar, posso pegar um atalho. Conheço a cidade. Vai cortar vinte minutos do caminho.

Hesitei. Tinham me avisado sobre táxis clandestinos e atalhos perigosos. Mas o que eu estava fazendo ali, afinal? Arriscar fazia parte do motivo pelo qual eu viera.

— Vá em frente.

O carro arrancou com um soluço. Os arranha-céus se dissolveram em vielas de terra batida e casas de adobe. Pela janela, vi um rio escuro correndo ao nosso lado, abraçado por árvores que se curvavam sobre ele. Galhos retorcidos, como se tivessem visto demais e não tivessem mais forças para se erguerem. Uma gota de suor escorreu pela minha testa.

— Não se assuste — disse Samir, um sorriso leve no canto da boca. — Conheço bem esta região.

O táxi avançava com confiança, enquanto o sol caía atrás das montanhas, escurecendo nosso caminho.

— Logo estaremos numa estrada bonita e aberta. E ELE surgirá.

Hesitei, antes de perguntar.

— Ele quem?

Samir manteve os olhos na estrada.

— É por isso que gosto desta rota. Em vez de ver os prédios grandes da Reforma, você pode vê-lo, em todo o seu esplendor.

Minutos depois, as vielas se alargaram, transformando-se em campos abertos. O sol pintava o vale de verde e dourado.

— Ali está — disse Samir, apontando.

Popocatépetl.

O vulcão se erguia sobre as montanhas, cuspindo uma linha fina de fumaça contra o céu.

— Não é lindo?

Assenti, incapaz de tirar os olhos dele.

— Não é ele que você está procurando? — perguntou Samir.

— Por que acha isso?

— Seus olhos — respondeu ele, sem desviar do volante. — Me lembram os meus, quando cheguei aqui.

Virei o rosto para a janela.

— Estou aqui para escalá-lo.

Samir riu de leve.

— E o que espera encontrar lá em cima?

— Nada específico. Algo que me faça lembrar que estou vivo.

— Você acha que vai encontrar isso subindo a montanha?

Olhei de novo para o vulcão. O peito se encheu de dúvida.

— Bela pergunta.

Fiquei em silêncio, depois arrisquei:

— Você já esteve lá?

Samir fez uma pausa antes de responder.

— Uma vez. Mas o Popo não é um vulcão qualquer. As pessoas sobem, procurando algo. A maioria não encontra. Ele testa as pessoas.

A frase ficou na minha cabeça. Ele testa as pessoas.

Samir dirigiu por mais alguns minutos; então, acrescentou, como quem revela uma verdade enterrada:

— Se for mesmo subir, precisa procurar Concha.

— Concha? Quem é ela?

— Conhece a montanha melhor do que ninguém. Dizem que fala com ele. Ou que ele fala com ela.

Samir manteve os olhos na estrada, mas vi algo mudar em seu rosto.

— Se for seu destino, ela vai te encontrar. Pergunte por ela no Zócalo.

A estrada começou a se abrir novamente. As casas ressurgiram. Os prédios. As ruas largas. A cidade voltava. Logo, paramos em frente ao prédio na Calle Gloria.

Samir tirou minha mochila do porta-malas e me entregou um cartão amassado.

— Se precisar de ajuda, garoto. Ou se precisar sair de novo.

Guardei o cartão na carteira e vi o táxi se perder no trânsito.

Subi pelo elevador até o oitavo andar e, depois, por uma escada estreita, até a *azotea*, um terraço que se abria para a cidade, um mar de telhados. No fundo, meu quarto — uma antiga construção da zeladoria, agora apart-hotel improvisado. Da janela, eu podia ver o vulcão, mas ele nunca me via.

Deixei minha mochila no chão e me joguei na cama; o colchão, rígido e desconfortável. Senti o frio seco do inverno mexicano se infiltrando pelas frestas e o cheiro da saudade que me separava de casa. Lá embaixo, Roma Norte pulsava de vida, suas avenidas arborizadas e canteiros floridos, seus cafés e bares cheios de pessoas e sonhos. Um terço desses sonhos se realizava, os outros dois terços eram apenas espera. Sonhos suspensos como âncoras, aguardando o momento de navegar. O meu era um deles. Por enquanto.

Capítulo 3

Acordei encharcado de suor, apesar do frio.

A cidade, com suas milhões de almas, dormia a mais de dois mil metros de altitude, uma ilha de concreto cercada por montanhas. Em outra latitude, poderia ser quente e úmida como Havana, mas, ali, o ar tinha um frescor seco, moldado pela altura e pelo vento que vinha das cordilheiras.

Fiquei deitado, olhando para o teto. O silêncio pesava. Levantei-me. Vesti qualquer roupa e saí.

Roma Norte ainda bocejava. As ruas despertavam devagar, os primeiros trabalhadores surgiam, os cafés abriam suas portas de ferro. Não precisei de mapa. As ruas pareciam me puxar, uma levando à outra como afluentes se fundindo em um rio maior.

O Zócalo apareceu diante de mim.

Um palco aberto. A praça era maior do que eu podia entender. A Catedral erguia suas torres de lanças afiadas contra o céu. Do outro lado, o Palácio Nacional, imponente, histórico. Vendedores ambulantes tomavam os cantos, barracas abarrotadas de cerâmica e cestos de palha. Um homem afinava seu violão, os dedos movendo-se com precisão tranquila. A cidade estava viva, mas ninguém me notava. E essa indiferença me confortava.

Escolhi um banco perto do mastro da bandeira, acendi um cigarro e observei.

Antes do meio-dia, já pensava em beber. Parecia cedo demais, mas a escalada estava próxima. Pensei que merecia essa indulgência. Levantei-me e segui sem rumo. As ruas estreitas me levaram a becos molhados pela chuva da madrugada. Passei por um bar antigo. Do tipo que meu pai teria escolhido sem hesitar. Entrei. Neblina de cigarro e cheiro de cerveja derramada. Um jukebox tocava uma balada triste. Sentei-me no balcão.

— Americano? — perguntou o barman.

A voz áspera, o rosto marcado por rugas ou cicatrizes.

— Algo assim.

Ele serviu uma dose de tequila e deslizou o copo até mim.

Bebi devagar. Senti o calor e, em seguida, o arrependimento.

Meu pai fazia o mesmo. Passava noites na janela, uísque na mão, olhos fixos no nada. Sempre procurando algo. Talvez fosse por isso que eu estava ali. Para encontrar o que ele perseguia.

Terminei a bebida e saí. A tequila circulava no sangue, quente e silenciosa. Desta vez, o Zócalo estava quieto. Estávamos cercados por uma muralha de montanhas. Uma barreira que prendia tudo dentro dela. Pensamentos, cidades, pessoas. Lá, onde o mundo parecia se estender sem limites, minha mente voltava sempre ao vulcão.

Eu conseguiria subir? Teria coragem para isso?

A resposta me encontrou na forma de medo. Não da montanha, mas de mim mesmo. Sempre fui assim. Um homem cheio de vontade, meio talentoso, mas relutante. Sempre esperando o "algum dia". Mas "algum dia" é um mentiroso.

Minha casa, meus amigos, meus amores — todos fantasmas de algo que nunca alcancei. Porém, desta vez, seria diferente. Desta vez, eu iria até o fim.

Lembrei-me das palavras de Samir:

— Ela conhece a montanha. Melhor do que ninguém.

Concha. Ela era a resposta.

Passei o dia perguntando por ela a taxistas, comerciantes, donos de bares. A maioria me ignorou. Alguns deram de ombros. Outros me mandaram para direções que não levavam a lugar nenhum.

O sol já começava a cair quando quase desisti. Minha camisa, colada ao corpo; os pés pulsando de cansaço. Então, vi um velho. Sentado ao lado de uma barraca de frutas, descascava uma laranja. Movimentos lentos. Precisos. Seus olhos me seguiram, enquanto me aproximava.

— Concha?

Ele não respondeu de imediato.

Terminou de descascar a laranja, colocou a casca de lado e me encarou.

— Você está procurando problemas.

— Estou procurando por ela.

Ele arqueou as sobrancelhas. Deixando claro que era a mesma coisa.

— Venha.

Levantou-se com agilidade surpreendente e começou a andar. Segui. O som da cidade ficou para trás. Ele andava rápido. Eu me esforçava para acompanhar. Finalmente, paramos diante de um restaurante sem nome. A porta estava entreaberta. Uma luz quente escapava para a calçada.

O velho apontou com o queixo.

— Entre.

Depois, desapareceu.

Capítulo 4

O cheiro veio primeiro.

Especiarias queimando no ar, fumaça de lenha e algo úmido, terroso. O tipo de aroma que faz o estômago lembrar que está vazio, mesmo quando a mente quer ignorar.

A luz amarela de uma lâmpada empoeirada iluminava um espaço pequeno, quase vazio. Algumas mesas espalhadas pelo salão; a maioria, desocupada, mas com os vestígios de quem já passou por ali — copos meio cheios, guardanapos amassados, pratos sujos que refletiam o brilho oleoso da comida que já não estava mais ali.

Parecia um lugar que só existia para quem soubesse onde procurar.

Atrás do balcão, uma mulher. Pele morena, traços fortes, sobrancelhas largas. Seu cabelo, negro e grosso, estava preso para trás, em uma trança apertada, entrelaçada com fios coloridos. O rosto marcado, não de cansaço, mas de anos bem vividos, emoldurava os olhos firmes e claros.

Olhei para ela, mas ela não olhou para mim. Estava ocupada no fogão, moldando *tortillas*, direto na chama aberta, virando a carne com um movimento ensaiado. Tudo ali parecia um ritual. Cada gesto carregava uma história que eu não conhecia. Fiquei parado na entrada, sem saber o que fazer.

Ela já sabia que eu estava ali.

— Senta aí.

A voz rouca, firme. Não um convite. Uma ordem.

— Você é Concha? — perguntei.

— Senta.

Dessa vez, mais seco.

Meus passos ecoaram no piso, enquanto escolhia uma mesa. Ela não me olhou, não disse mais nada. Apenas continuou o que estava fazendo.

— Você não está pronto.

O silêncio entre nós pareceu se alongar.

— Pronto pra quê?

Ela largou o que fazia.

Atravessou o salão com uma xícara na mão e sentou-se à minha frente.

— Pronto pra escutar.

Olhou direto nos meus olhos.

— Você acha que veio atrás de respostas, mas nem sabe quais são as perguntas.

Ri. Um riso curto, nervoso.

— Então me diga: quais são as perguntas?

Ela sorriu de leve. Sem humor.

— Você já sabe. Só não quer encarar. Beba — disse ela, apontando para a xícara.

A bebida leitosa era espessa, amarga. Desceu, arranhando minha garganta.

— O que é isso?

— Pulque.

Ela olhou para cima.

— A bebida dos antigos. Um presente dos deuses.

— O que tem aqui dentro?

— Isso não importa.

Ela inclinou-se para a frente, apoiando os cotovelos na mesa.

— O pulque pode te causar surpresas; às vezes, *mui buenas*, às vezes, nem tanto. É como a montanha: depende do que tem dentro de você.

Segurou meu olhar.

— E é isso que te assusta.

Minhas mãos apertaram a madeira da mesa.

— Por que você fala como se fosse um teste? Por que não me diz o que eu preciso fazer?

Concha suspirou.

— Porque fazer não é suficiente.

Os olhos dela eram vagos, profundos.

— Você precisa escolher. E a escolha verdadeira... esta é silenciosa. Mas insuportável pra quem não está pronto.

Silencio. Olhei para a xícara em minha mão. O líquido espesso refletia a luz fraca do restaurante, como um espelho.

— Quando você parar de buscar fora o que já está dentro, a montanha vai te deixar passar.

Ela tomou o pulque de um gole só e ergueu o copo vazio. Um brinde ao passado.

Quando voltou a me encarar, seus olhos estavam mais distantes.

— Vou te dizer algo que não deveria. Então, preste atenção.

A voz dela baixou, quase um sussurro.

— Duas horas daqui, em Amecameca, na encosta do vulcão. Lá, você precisa procurar aquele que vive na sombra da montanha.

Concha olhou para a porta, certificando-se de que estávamos sozinhos.

— Quando o sol estiver no zênite, é com ele que deve falar. Mas cuidado.

Ela hesitou por um segundo.

— Ele não é o que parece ser.

Ficamos ali, nos encarando.

Então, fingindo que nada tinha acontecido, ela riu de leve e voltou ao tom casual.

— Descanse esta noite. A montanha sabe que você está chegando.

De volta ao meu quarto, o sono veio arrastado. As palavras de Concha ecoavam na escuridão; ainda não conseguia entender o que ela queria dizer. Porém, à medida que o quarto escurecia, e os sons da cidade se dissolviam, sua voz se fundiu a algo mais profundo. Algo que vinha da terra.

O pulque pesava no meu corpo, borrando os limites da realidade. O tempo se dobrava, esticando e encolhendo. Eu estava caindo. Lentamente. Em uma despedida do mundo, me entregando por completo. E a terra me engolia com calma, quente, perigosa. Era o vulcão, ardendo dentro de mim. O chão se abriu. E, então, como num filme, uma cena se revelou diante de mim.

Estava caminhando por uma trilha rochosa. À minha frente, um homem me guiava, dizendo que estávamos nas encostas de um vulcão. Eu, intrigado, permitia-me ser conduzido. Caminhamos por algum tempo, até encontrarmos uma grande ponte de pedra, larga e sólida, feita de blocos pesados da cor do arenito, como se pertencesse à Roma Antiga ou à Espanha Medieval. As águas corriam, furiosas, sob a ponte, brancas e impetuosas. O homem me abraçou, um abraço intenso e silencioso, e voltou a caminhar por cima da ponte. Só via as costas do homem, mas podia sentir o esforço dele para conter a emoção.

Ele levantou uma mão e apontou para o vulcão, sem nenhuma pressa. E eu senti o chamado. Mas, quando dei um passo, a voz dele me alcançou.

"Você pode ir", ele disse, "mas o que encontrar lá não vai te libertar".

O chão tremia e eu sabia que tinha que ir. O vulcão estava instável, e tínhamos pouco tempo para cruzar até o outro lado antes da erupção. Tudo escureceu, as cinzas me envolveram. A terra se abriu diante de mim, sua boca enorme cuspia luz e calor. Lá dentro, vi uma fissura, brilhando em vermelho vivo. Esperando.

Capítulo 5

Acordei com um tranco. O peito apertado. O gosto amargo do pulque ainda preso, na boca. Demorei alguns segundos para lembrar onde estava. A luz fraca da janela desenhava sombras no teto. A cidade sussurrava ao fundo, distante. Não sabia se era real ou se ainda estava preso no sonho.

Minha mão deslizou pelo colchão, tateando a borda da mesa ao lado. Algo dentro de mim procurava uma prova de que eu estava ali, um objeto familiar, qualquer coisa que me ancorasse no presente. Meus dedos tocaram o couro desgastado da carteira. Peguei-a, abrindo sem pensar. Havia pouco ali. Algumas notas amassadas, um bilhete esquecido, um recibo de algo que eu já não lembrava ter comprado. Puxei o recibo e o cartão de Samir escorregou junto, deslizando entre meus dedos.

Fiquei um instante olhando para ele. A tinta desbotada, os cantos gastos pelo tempo. Como um presságio. Ele sabia que eu ligaria. Talvez soubesse antes mesmo de mim. Virei o cartão entre os dedos, hesitando por um segundo. Depois, disquei o número.

A linha clicou.

— Quem é?

A voz dele era a mesma.

— Sou eu.

Pausa.

— Você me deixou na Calle de la Gloria há uns dias. Lembra?

Samir riu de leve.

— Sabia que você ia ligar.

— Preciso ir para Amecameca.

Soltei rápido. Tentei soar tranquilo, mas a urgência escapava na respiração.

Silêncio.

O ruído abafado do rádio de fundo.

— O que você quer fazer lá?

Olhei pela janela. O céu carregado.

— É complicado. Só preciso chegar antes do escurecer.

Outro silêncio.

Então, ele respirou fundo.

— Certo. Te pego em uma hora.

— Perfeito. Explico no caminho.

A estrada engoliu a cidade atrás de nós. O caos da Cidade do México ficou para trás. As buzinas, os labirintos de concreto. Agora, o mundo era outro. Samir dirigia em silêncio. Eu observava tudo pela janela. O cenário mudava devagar. Primeiro, ruas estreitas. Depois, campos esparsos. Planaltos vazios, longos e silenciosos.

O vulcão surgiu no horizonte. Uma sombra gigante contra o céu.

Minha garganta secou.

— Samir...

Ele não respondeu, apenas manteve os olhos na estrada.

— Eu vou até lá, mas a verdade é que estou apavorado com o que vou encontrar.

Dessa vez, ele me olhou. Esperou. E me deixou continuar.

— Minha vida toda foi isso, sabe? Medo. Medo de sair do lugar. Medo de descobrir. Medo de... fazer qualquer coisa.

Suspirei, encarando o vidro.

— E, ao mesmo tempo, invejo quem faz. Quem vive com coragem. Quem transforma a vida em alguma coisa.

Samir assentiu.

Só depois respondeu:

— Coragem é uma palavra engraçada. Nem sempre é o que parece.

Ajustou o banco.

— Meu avô tinha uma história sobre um jaguar.

Levantei os olhos.

— Que história?

Samir sorriu de leve, fitando o horizonte.

— Esse jaguar vivia numa selva tão densa que quase não entrava luz. Ele era o rei por lá. Ninguém mexia com ele porque ninguém queria morrer.

A imagem cresceu na minha mente.

— Até que apareceu um rato. Pequeno. Frágil.

Ele fez uma pausa.

— O jaguar achou graça. Começou a brincar. Caçava o rato entre as garras, deixando-o escapar.

— E aí?

— Sem saída, o rato mordeu a pata do jaguar.

Eu ri.

— Ele fez o quê?

— Mordeu a pata do jaguar. Cravou os dentes.

Samir riu junto.

— O jaguar rugiu, mas não de dor. De surpresa. Ele riu e disse: "Você é corajoso para alguém tão pequeno".

Fez outra pausa.

— E o rato, irritado, respondeu: "Sou mais corajoso que você. Você não tem coragem nenhuma".

Fiquei em silêncio.

Samir continuou:

— O jaguar rosnou: "Eu, sem coragem? Não tenho medo de nada!"

— E o rato respondeu: "Exatamente. Você não tem medo; então, não pode ter coragem. Coragem é enfrentar o que te assusta".

Fiquei olhando para a frente.

— E o que aconteceu com o rato?

Samir deu de ombros.

— O jaguar o comeu, claro.

Soltou uma risada.

— Mas nunca mais foi visto. Sumiu na selva, procurando algo que o assustasse.

A estrada seguiu em silêncio. Amecameca surgiu na curva final; a cidade encolhida sob a sombra do vulcão. Samir encostou o carro. Desligou o motor.

— Aqui.

— Obrigado.

Ele me lançou um último olhar.

— Boa sorte, garoto. Espero que encontre o que procura.

O centro da cidade era um emaranhado de ruas antigas e calçadas gastas. A Plaza se destacava no coração da cidade. Um muro de pedra contornava os canteiros de flores. No centro, uma fonte despejava água em fluxo contínuo. Pequenos riachos corriam por valetas, nas calçadas, conduzindo água das montanhas. O ar cheirava a terra molhada e lenha queimada. As casas de adobe se alinhavam pelas ruas, com suas fachadas castigadas pelo tempo; e campos de milho e cevada estendiam-se além da cidade, cercados por *magueys*.

Depois dos campos, as colinas se erguiam suavemente, a terra escurecendo sob o peso das florestas de pinheiros. As copas densas se entrelaçavam, formando um manto verde-escuro, que engolia a luz do sol e projetava sombras alongadas sobre o solo. Então, as florestas se rarefaziam. O verde cedia espaço ao marrom seco das encostas rochosas, e as colinas, antes suaves, agora se erguiam como muralhas. Mais acima, as montanhas apareciam por inteiro. Seus cumes nus, castigados pelo tempo, surgiam como ossos expostos, brancos e ásperos contra o céu. A linha da neve começava baixa, suja de poeira e cinzas vulcânicas. Porém, conforme os olhos subiam, o branco se tornava mais puro, mais denso, até cobrir os picos com um brilho gelado. E, ao fundo, eles. Os dois gigantes. Iztaccíhuatl, a Mulher Branca, deitada na cordilheira, seu corpo coberto de neve. E, ao lado dela, Popocatépetl.

Os antigos donos da terra contam que eram um homem e uma mulher, amantes separados por um castigo divino. Ela, condenada a dormir para sempre. Ele, condenado a vigiá-la. E, na dor de sua eternidade, ele chora. Chora lágrimas de fogo. Jorra fumaça ao céu. Sacode a terra, com sua ira silenciosa.

O sol já se inclinava no céu. As sombras eram longas. A cidade estava calma. Crianças brincavam nas ruas. Idosos conversavam sob os salgueiros. O mundo seguia seu ritmo, alheio ao peso da montanha. Eu precisava de um abrigo, antes que a noite caísse. Parei diante de um letreiro antigo:

"Vesúvio".

O nome me fez rir.

O vulcão serviria também como meu refúgio.

Dentro, um garoto franzino ocupava o balcão. Devia ter, no máximo, doze anos. Ele me olhou, avaliou, e disse apenas o preço:

— Cinco pesos.

Assenti. Ele me guiou por um corredor escuro, a luz vazando por debaixo das portas enfileiradas.

— *Desayuno*, às sete.

O quarto era simples. O suficiente. Deixei a mochila sobre a cama e saí, em busca de algo para comer. Parei na primeira bodega que encontrei, pedi amendoins, uma cerveja e um maço de cigarros. Fazia tempo que não fumava. Mas, ali, sob o céu coberto de cinzas, o vulcão exigia um sacrifício. Acendi o cigarro. Observei a fumaça subir, espiralando no ar. Por um instante, minha respiração e a do vulcão se uniram. Uma simbiose silenciosa entre pulmões vivos e adormecidos. Uma cerveja virou duas; depois, três — e logo o sol se despediu. A noite se fez escura e as estrelas mexicanas, gigantes e fortes, iluminaram o céu.

Aquele era o destino final da minha jornada. No topo da montanha, no cume do vulcão, eu encontraria a tão desejada felicidade. Mas nunca soube exatamente do que ela era feita. Falavam dela como se fosse simples, como um truque de mágica óbvio para todos, menos para mim. Mas nunca me pareceu simples. Sempre foi algo que os outros tinham e eu não. Uma espécie de clube exclusivo, em que apenas os que conheciam a senha podiam entrar. Diziam que era bonito lá dentro, mas também sufocante. Um lugar onde, uma vez admitido, você precisava sorrir e fingir que tudo estava no lugar.

Eu nunca entrei. Nunca soube a senha. Ou talvez nunca tenha tentado. Por muito tempo, achei que a felicidade era só mais uma invenção, uma ilusão conveniente para manter as pessoas quietas, conformadas. Às vezes, penso que felicidade é como um soldado com uma arma: você obedece ou cai. E eu nunca fui bom em obedecer.

Agora, encarando meu destino, não havia mais espaço para sonhos adiados ou respostas vazias. A tal felicidade, que sempre me escapava, dependeria apenas de mim. Sem desculpas. A montanha estava lá, imponente, esperando. Enfrentá-la exigiria tudo o que havia dentro de mim. E eu me apoiava apenas em uma única frase, escrita há vinte anos no verso de uma fotografia desbotada:

"A montanha sempre devolve."

Capítulo 6

Acordei com a cabeça latejando. A boca seca, o gosto amargo da cerveja ainda preso na língua. O quarto parecia menor do que na noite anterior. Quatro passos até a janela. O vidro, embaçado pelo frio da madrugada. Minhas coisas estavam espalhadas pelo chão. Peguei o que pude. Joguei uma camisa suja na mochila, fechei o zíper e saí sem olhar para trás.

Aquele que vive na sombra do vulcão — foi a única coisa em que pensei. Eu precisava encontrá-lo. Precisava resolver isso, antes que o dia engolisse a decisão que tinha tomado na noite anterior.

Andei por becos estreitos e ruas de pedra, batendo em portas erradas, recebendo olhares desconfiados. Perguntas sem respostas. Até que virei uma esquina. Duas meninas brincavam na poeira, chutando uma bola feita de trapos. Não deviam ter mais de sete anos. Pequenas demais para se importarem com um estranho. Pequenas demais para saberem que há coisas que não se pergunta. Aproximei-me devagar. Elas me olharam, curiosas, mas sem medo. Permaneceram em silêncio, os olhos grandes e atentos.

— Vocês sabem onde encontrar o homem que vive nas sombras do vulcão?

Elas trocaram olhares confusos, murmurando algo em um idioma que não era espanhol. Dei um passo atrás, percebendo que não me entenderiam. Antes que eu desistisse, uma delas gritou para dentro da casa. A porta rangeu, ao se abrir, revelando um homem baixo, o rosto cansado e escurecido pelo sol.

— Posso ajudar? — perguntou, em seu espanhol carregado por um sotaque pesado.

Expliquei o que buscava, descrevendo o enigma que Concha havia me contado. O rosto do velho endureceu.

— O que você quer com ele?

— Preciso subir o vulcão. Disseram que ele pode me ajudar.

Ele pareceu preocupado.

— Procurá-lo é perda de tempo.

— Por quê?

— Se ele quisesse, já teria te encontrado.

Ignorei o tom de desdém.

— Concha disse que ele pode me ajudar.

O velho me avaliou.

— Concha fala demais. Mas talvez você tenha sorte.

Apontou para a porta com um gesto de cabeça.

— Tente a trilha da ravina. Às vezes, ele aparece por lá.

Levantou os olhos para o céu. As nuvens estavam pesadas.

— Se for tentar, vá agora. Antes que a borrasca venha acordá-lo.

Depois, sem aviso, bateu a porta na minha cara.

A trilha da ravina ficava a meia hora de caminhada. Cada rua me afastava da cidade e me empurrava para o vazio. O som dos meus próprios passos substituiu o burburinho da vila. Se ele não aparecesse, eu subiria sozinho. A estrada serpenteava por campos de milho, o solo irregular fazia minhas botas deslizarem, forçando-me a corrigir o equilíbrio. Logo, as árvores começaram a surgir. Primeiro, isoladas. Depois, em grupos. Pinheiros altos, troncos escuros contra o céu. O caminho se estreitava. O som do riacho, ao fundo, crescia, chamando-me para a ravina. Pastores passavam, com gado e ovelhas. Burros e cavalos carregavam troncos, suas patas batendo forte contra as pedras soltas. Quando o caminho se estreitava, eu precisava subir os barrancos íngremes, minhas mãos agarravam pedras soltas para me equilibrar, enquanto o cheiro de suor dos animais passava junto com o ranger das rodas.

O desfiladeiro apareceu à minha frente. Esperei, os olhos vasculhando o horizonte, mas ele não apareceu. Suspirei, sentindo a frustração escapar junto com o ar. Levantei o olhar e vi. A trilha. Não a da ravina; a real, a mesma que acompanhou meu pai anos atrás. O caminho para o vulcão começava ali, esculpido na base da montanha. Os zigue-zagues subindo até o infinito, perdendo-se no céu escuro. O temporal se aproximava. A montanha me chamava. Se o homem não veio até mim, talvez fosse porque eu precisava encontrar o caminho sozinho.

Capítulo 7

Os primeiros metros da trilha eram fáceis. O solo firme, coberto de poeira vulcânica, sustentava meus passos, dando-me coragem. Porém o vento soprava forte, tentando me avisar. A montanha me deixava entrar, mas não me daria passagem sem luta. Ajustei o ritmo. Concentrei-me na respiração, no som dos meus passos.

Cada curva na trilha revelava uma nova paisagem. Cada pedra parecia estar ali há milênios, testemunha de todas as subidas antes da minha. Pensei no meu pai; na foto dele, junto ao vulcão. Ele já tinha estado ali. E, talvez, soubesse lidar com o que vinha depois. Mas ele não estava aqui. A responsabilidade era minha.

Conforme ganhava altitude, a vegetação mudava: as árvores imponentes tornavam-se mais magras e retorcidas, cicatrizes da luta contra o vento. Marcas de anos de resistência. O cheiro de chuva no ar se intensificava. Olhei para o céu e percebi que as nuvens escuras moviam-se devagar, mas com propósito, fechando o horizonte. Não havia como escapar delas. O terreno ficava mais difícil a cada passo. A trilha, antes larga, agora se estreitava, ladeada por pedras soltas que exigiam cuidado redobrado. Cada passo era calculado, e a tensão nos músculos crescia. A floresta ao redor dava lugar a uma paisagem mais aberta, de capim seco e arbustos baixos, agarrados ao solo rochoso.

Quanto mais eu subia, mais podia ver o Popocatépetl surgindo no horizonte. Porém sua presença era uma ilusão. De um ângulo, parecia próximo, ao alcance das mãos. De outro, inalcançável, escondido atrás de camadas de neblina.

A trilha se inclinou ainda mais. Olhei para trás. A base do vulcão era apenas um borrão entre as sombras do vale. O isolamento era completo. Nem mesmo o canto dos pássaros acompanhava meu caminho. Apenas o cascalho, estalando sob os pés, e o vento, assobiando entre as pedras.

O frio se intensificava, a altitude drenando o calor do meu corpo. Minhas mãos, mesmo enluvadas, começavam a sentir a rigidez congelante do ar. A mochila pesava mais, a cada passo. Porém avançar era a única coisa que importava. As nuvens, antes distantes, começaram a se reunir no leste.

Desviei do caminho principal. Um atalho? Um erro? Não sabia.

O sol desaparecia atrás da montanha, e a luz já não era confiável. Parei, tentando recuperar o fôlego. Olhei ao redor, buscando referências, mas tudo era um amontoado de rochas escuras e neve rala. Nenhuma marca de pegadas. Nenhum vestígio do caminho que eu deveria estar seguindo. Mais acima, um estrondo. Pequenas pedras se desprendiam e caíam, ricocheteando encosta abaixo. Instintivamente, abaixei a cabeça, protegendo o rosto. Podia ser só o vento deslocando as rochas. Ou algo maior se movendo, na montanha.

O frio queimava a pele. O suor, antes quente, começava a congelar sob as camadas de roupa. Minhas luvas estavam úmidas, e os dedos, rígidos. O ar entrava em golfadas curtas e secas, queimando a garganta. Cada respiração exigia esforço. A altitude começava a pesar.

Apertei os braços contra o corpo, tentando preservar o calor. O terreno desmoronava sob os pés, cada passo, uma negociação entre equilíbrio e queda. O vento se intensificava, empurrando-me para trás. Eu precisava sair dali. Continuei andando, sem saber para onde. Guiado mais pela necessidade de movimento do que pela esperança de encontrar algo.

O primeiro relâmpago rasgou o céu. Branco. Violento. Por um instante, o mundo se revelou. O vulcão inteiro diante de mim. Um monstro adormecido. Uma indiferença colossal. O trovão veio logo depois: uma explosão que sacudiu a terra sob meus pés. A chuva começou em seguida. Primeiro, leve. Depois, uma torrente, encharcando-me em minutos. A mochila, agora um peso morto, grudava em minhas costas. Não havia abrigo. Não havia fuga.

Outro relâmpago. Algo surgiu adiante: uma sombra, contra a chuva. Grande demais para ser uma rocha; pequena demais para ser a montanha. A luz piscou de novo. Ele se moveu. Um braço se ergueu, apontando na minha direção. Tropecei para a frente, lutando contra o vento. A lanterna oscilou. A luz fraca revelou um rosto.

— Você não devia estar aqui.

A voz era baixa. Mas firme.

— Estou perdido. Preciso de ajuda.

Ele me avaliou. Então, assentiu, lentamente:

— Há uma cabana mais acima. Vamos.

Sem outra palavra, virou-se e começou a andar. Segui seus passos firmes, enquanto os meus tropeçavam. O vento parecia ceder em sua presença. Ou, talvez, fosse o alívio de não estar sozinho. A montanha rugia ao nosso redor. Mas, pela primeira vez, havia um caminho a seguir.

Capítulo 8

Quando a cabana surgiu à vista, parecia ter sido conjurada das sombras da montanha. Pequena e desgastada, inclinava-se precariamente contra o vento, com suas tábuas de madeira deformadas e o telhado remendado com telhas desiguais. Parecia menos uma construção humana e mais algo que o vulcão tivesse moldado e esquecido ali.

— Chegamos.

O homem empurrou a porta, com o ombro.

— Entre; antes que a chuva nos engula.

O abrigo era um alívio, mas não deixava de ser opressor. O ar, ali dentro, era úmido e denso, impregnado pelo cheiro de enxofre que parecia emergir das próprias paredes. As sombras se estendiam nos cantos da cabana, engolindo os detalhes. Apenas uma pilha de lenha disforme e ganchos improvisados, segurando casacos endurecidos pelo tempo, quebravam a escuridão.

— Acenda um fogo.

A voz dele era firme, mas sem urgência.

— E vê se não demora! Não quero congelar aqui dentro.

Larguei minha mochila e fui até a madeira. As toras estavam empoeiradas, cobertas de um fungo seco. Balancei a cabeça. Isso ia ser difícil. Enquanto lutava com as toras, ele retirava o casaco encharcado, pendurando-o num gancho.

— Tão perto do vulcão e, ainda assim, congelando.

Murmurei, mais para mim mesmo. Ele riu de leve.

— O frio vem de dentro da gente.

Demorei mais do que queria para acender as chamas. Os dedos duros, a respiração curta. O suor descia pela testa, mesmo com o frio. A madeira resistia, úmida, teimosa. Mas, então, uma faísca pegou. Depois, outra. E, de repente, o fogo nasceu, engolindo a escuridão.

A cabana mudou. O calor tomou conta do espaço, afastando o frio que se agarrava às paredes. O cheiro de madeira queimada tomou o lugar do enxofre. Respirei fundo, encostando-me na parede, observando-o.

Ele remexia em um saco de pano.

— O que tem aí?

Silêncio. Então, um pote de metal apareceu em suas mãos. Ele abriu, tirou um pedaço de carne seca e jogou na minha direção.

— Para recuperar as forças.

Peguei o pedaço. Examinei.

— Está velho?

Ele não ergueu os olhos.

— Velho o suficiente para não te matar.

Deu uma mordida na carne seca e continuou.

— Ou você come — ou fica com fome. Sua escolha.

A carne era dura, salgada. Mas servia. Lá fora a tempestade batia contra a cabana, tentando arrancá-la do chão.

— Você escala há muito tempo?

Minha voz saiu abafada entre mastigadas. Ele girava o pote de carne entre os dedos.

— O bastante. E você?

— Primeira vez.

Joguei o resto da carne de volta no pote.

— Não sei bem por que estou fazendo isso.

Ele ergueu uma sobrancelha.

— Ninguém sobe uma montanha por acaso.

Tentei rir. Mas o som saiu fraco.

— Acho que estou… procurando algo.

Ele ficou em silêncio. Então, balançou a cabeça, como se já tivesse ouvido aquilo mil vezes.

— Todos estão.

Não falamos mais nada por um tempo. O barulho do vento, lá fora, era o suficiente para nos lembrarmos de onde estávamos.

— Você sente isso, às vezes?

Minha voz quase se perdeu na tempestade. Ele não respondeu de imediato. Pegou um graveto e mexeu nas brasas.

— Sentir o quê?

Respirei.

— Que a vida não tem muito sentido. Que estamos todos sozinhos. Que o mundo não se importa.

Ele bufou de leve. Não impaciente. Apenas resignado.

— Quem não sente isso?

Fiquei esperando mais. Mas ele continuou mexendo no fogo, sem pressa.

— Então por que fingimos que sabemos o que estamos fazendo?

Dessa vez, ele riu. Um riso sem alegria.

— Porque admitir a verdade seria ainda mais assustador.

— Qual verdade?

Ele ergueu os olhos. Pensei que fosse responder com alguma frase ensaiada. Mas apenas sorriu de lado. Quase imperceptível.

— Que estamos todos buscando algo. Algo que talvez nem exista.

A tempestade crescia. O vento, cada vez mais violento. A chuva martelava o telhado. O fogo era a única coisa entre nós e o frio do mundo lá fora. Ele se levantou. Puxou uma manta velha e rasgada.

— A tempestade vai durar a noite toda.

Jogou-a no chão.

— Você devia descansar.

— E você?

Ele balançou a cabeça.

— Estou acostumado com noites assim.

Voltou a se sentar perto do fogo. Os ombros, curvados por um peso invisível.

— Amanhã será um dia longo.

Fechei os olhos; ouvindo a chuva contra o telhado, o vento uivando. E o fogo — sempre o fogo.

— Por que você escala?

Ele demorou a responder. Mas então disse:

— A montanha tira coisas das pessoas.

Fez uma pausa.

— Quero ver o que ela devolve.

A montanha sempre devolve — pensei, mas não falei nada.

Ele virou a cabeça. Por um instante, nossos olhos se encontraram.

— Ela sempre devolve.

Olhei para a janela. A escuridão lá fora não era apenas da noite. Algo profundo estava prestes a se libertar.

Capítulo 9

Acordei com o barulho da cabana se desfazendo sob o vento furioso. O homem já estava de pé, movendo-se rápido, juntando nossos pertences. Havia urgência em seus gestos, mas ele tentava manter a calma, como se esconder o medo fosse possível.

— Vamos. Precisamos descer, antes que seja tarde.

A tempestade rugia do lado de fora, e tudo em seu tom indicava que aquela não era uma sugestão.

— Pra onde? — minha voz saiu rouca.

— De volta à cidade. Impossível alcançarmos o cume hoje.

— Não posso descer.

Ele parou. Me olhou.

— O quê?

— Eu preciso continuar.

O homem respirou fundo, tentando manter a paciência.

— Se passarmos por essa área, não tem volta. Você entende isso, não entende?

Eu entendia. O problema era que voltar também não era mais uma opção. Meu corpo estava exausto, sim. Minhas pernas, pesadas. Minha respiração, curta. Mas havia algo além da dor física. Se eu descesse agora, seria o fim de tudo. Não apenas daquela escalada, mas de tudo. Voltar seria admitir que tinha passado minha vida procurando e nunca encontrando, correndo atrás de algo e sempre desistindo antes de chegar. Voltar seria aceitar que essa história terminava como todas as outras: inacabada.

— Se voltarmos, será tão perigoso quanto subir — eu disse. — Porém, se subirmos...

Ele esperou. Eu não sabia como terminar a frase. Mas, então, olhei para o céu. A fumaça do vulcão ainda subia, espessa, rodopiando contra o vento. A tempestade girava ao redor dele, porém, lá em cima, no topo, a montanha esperava. E eu entendi.

— Se subirmos, pelo menos, chegaremos ao fim.

O homem me encarou. Seu rosto endurecido não mudou, mas vi, em seus olhos, algo que antes não estava lá. Uma faísca de respeito. Ele assentiu, curto.

— Muito bem. Porém me escuta, garoto: você segue cada uma das minhas instruções. Sem erros.

— Certo.

Pegamos os crampons. Apertamos os casacos. E começamos a subir.

O vento atravessou a encosta da montanha, selvagem e impiedoso, como se caçasse algo — ou alguém. Afundei as botas, no gelo, e senti o frio subir pelas minhas pernas. À minha esquerda, a trilha despencava em um abismo branco e vazio. À direita, uma parede de rocha negra se erguia, recortada e alta, em direção à tempestade.

Em algum lugar lá embaixo, Amecameca ainda dormia; suas ruas, quietas; suas casas, quentes; as pessoas, entregues às suas vidas ordinárias, cheias de pequenas certezas. Eu as invejava. O vento castigou meu rosto. A neve se acumulou nos cílios, embaçando a visão. Ainda assim, vi o cume, escondido atrás das nuvens — inalcançável, alto —, zombando de mim. Pensei no que me esperava lá em cima. Pensei se seria o bastante.

O homem estava à minha frente; apenas uma silhueta, agora, movendo-se firmemente contra o caos. Ele parou por um instante, olhou para trás e tentou me dizer algo. O vento devorou suas palavras, mas vi, em seus olhos, uma determinação que me faltava. Ele não hesitou, não vacilou. A tempestade parecia abrir caminho para ele, indiferente à sua presença. Eu me perguntei como ele fazia isso — como escalava com tanta certeza, enquanto sentia a montanha me pressionando, testando cada passo que dava.

Estávamos bem acima das camadas de nuvens, caminhando como em um sonho, conscientes da direção apenas pela inclinação íngreme diante de nós. Lá embaixo, o mundo havia desaparecido, engolido pela tempestade. O medo me devorava por dentro. Éramos apenas nós, a montanha e o rugido ensurdecedor do vento.

Um raio de sol atravessou a tempestade e refletiu o gelo das pedras, cegando-me por um momento. Depois, desapareceu, engolido pela tempestade. E o cinza retornou, mais pesado do que antes. A breve luz me deixou exposto, e a montanha me viu por inteiro, até mesmo as partes que eu não estava pronto para revelar.

Por um momento, não me movi. Fiquei ali, exposto, o vento me rasgando. O cume parecia impossivelmente distante agora. O vulcão, que antes parecia meu guia, agora se erguia como meu carrasco. Sua presença era pesada, sufocante, esperando que eu falhasse. O homem gritou. Sua voz veio de algum lugar. Mas, quando levantei o olhar, ele já não estava lá. A montanha engoliu sua forma e ele desapareceu na tempestade.

Eu estava sozinho.

Sempre estivera sozinho.

Convenci a mim mesmo de que esta escalada era uma busca por liberdade. Tentei, em vão, fugir do meu egoísmo exacerbado, o mesmo egoísmo que me levou a dedicar uma vida inteira a mim mesmo, como um cavalo com antolhos. Forçado a seguir em frente, sem nunca enxergar os caminhos ao redor. Agora, a montanha tinha me despido de tudo. E me vi como sou: um homem sozinho. Mas do que, afinal, eu queria me libertar? O que é a liberdade, para um homem que não possui nada? Um homem só... de que se liberta? De si mesmo?

Me forcei a seguir caminhando; minhas pernas tremiam. Cada passo era uma batalha contra a vontade de cair e deixar a neve me cobrir. A tempestade me pressionava; mas dei outro passo. Sabia que deveria ter parado enquanto podia. A montanha sabia também. Ela me testava, me convidava a cair. Porém, talvez, fosse exatamente isso o que eu buscava — descer tão fundo dentro de mim mesmo que não houvesse mais nada para encontrar. Um homem vazio; um homem livre.

Meu pé escorregou. Primeiro, devagar; depois, rápido demais para reagir. O peso da mochila me puxou para trás. Tentei cravar os pés no gelo, mas o chão cedeu. Meus braços se lançaram para a frente, procurando algo, qualquer coisa, mas só encontraram o vazio. Um segundo que pareceu uma eternidade, antes de a gravidade vencer. Por um instante, tudo desacelerou. O mundo parou para me ver cair.

O impacto foi brutal. Senti o choque seco na minha cabeça. A neve amorteceu parte da queda, porém não o suficiente. A mochila me prendeu contra a encosta, o peso do fracasso esmagava meu peito. Tentei respirar, mas o ar veio raso, cortado. A adrenalina se contorcia por todo o meu corpo, passando pela boca do estômago, me enjoando e me libertando da dor que deveria estar sentindo — mas não sentia. Nem a dor, nem o gelo, nem o frio... Tudo o que eu sentia era calor; um fogo estranho, feroz, vindo de dentro de mim.

Lembrei-me dos dias em que não carregava esse calor que agora me devorava. Dos dias nublados, úmidos, chuvosos, que irrigavam minha alma e me aliviavam de mim mesmo. Há tempos sentia apenas o calor, um calor que brotava de dentro, tão intenso que tudo o que eu tocava se tornava espesso, quente, perigoso.

Pressionei meu ouvido contra a rocha fria abaixo de mim, tentando ouvir a voz do vulcão. Fechei os olhos. Escutei. Ele estava acordando. Por um momento, a tempestade desapareceu e a montanha pareceu silenciosa, quase paciente, como se me esperasse.

Ele sempre esteve lá. Muito antes de vê-lo da janela do avião. Muito antes de eu saber seu nome. Me esperando. Me vendo cair.

A escuridão ameaçou me puxar, mas eu ainda estava ali. Ainda.

Capítulo 10

O cheiro de tabaco veio antes da voz. A fumaça subia em espirais finas, desenhando formas que se desmanchavam antes que eu pudesse entendê-las. Ele estava sentado à mesa, como sempre, uma pilha de livros espalhada ao redor; o cinzeiro, cheio de pontas apagadas; a luz do abajur, desenhando seu rosto, o seu familiar rosto. Fiquei na porta, por um instante, até criar coragem.

— Pai?

Ele levantou os olhos, devagar, tragou fundo o cigarro e soltou a fumaça em um suspiro cansado.

— Fala, garoto.

— Como foi no Popocatépetl?

Ele franziu a testa.

— O que você quer saber?

— A foto. O dia da foto.

Ele riu pelo nariz, um riso curto, seco.

— O dia da foto...

Apoiou o cigarro na beirada do cinzeiro, girou a garrafa entre os dedos.

— Foi bonito. Mas não foi como parece.

— Como assim?

Ele pegou o cigarro outra vez, tragou fundo. Quando falou, a voz estava diferente.

— Esse dia, depois da foto, eu senti muito medo.

O silêncio pesou. O rádio chiava, baixinho, no fundo.

— O tempo virou. A tempestade fechou a montanha. A neve engoliu as pegadas. Não dava pra ver nada.

Ele fez um gesto no ar, como se recriasse a bruma densa.

— Comecei a descer no instinto. Mas o instinto, às vezes, engana.

— O que aconteceu?

Ele inclinou a cabeça, como se lembrasse do gosto daquele medo.

— Eu me perdi.

A frase soou estranha. O herói da foto... perdido.

Ele tragou mais uma vez. Jogou a fumaça para cima.

— Mas, então, senti que a montanha estava mudando. O ar ficou mais denso. A neve começou a derreter rápido demais. E, de repente...

Ele fez uma pausa.

— Eu soube.

— Soube o quê?

Ele virou o copo de leve entre os dedos, sem beber.

— Que ele estava acordando.

A luz do abajur oscilou.

— Eu não vi; mas senti. O cheiro mudou. O ar esquentou. O silêncio ficou pesado.

Ele inclinou a cabeça para o lado, como se ainda ouvisse aquele silêncio.

— Corri sem pensar. Pulei pedras, rolei morro abaixo. Fiz o que precisava ser feito. Não sei como, mas escapei.

Fiquei um tempo sem dizer nada. Olhei para a mesa, para a borda do copo.

— Se foi tão difícil… — comecei, sem saber bem como perguntar — … por que subiu?

Ele demorou a responder. Passou a mão no rosto, como quem tenta afastar algo que ficou grudado.

— No começo, eu queria chegar lá em cima. Só isso. Ter a vista; ter a foto. Mas, depois…

Ele parou, pegou o cigarro do cinzeiro.

— Depois, percebi que a montanha queria outra coisa de mim.

— O quê?

Ele soltou a fumaça e olhou para o próprio reflexo no vidro da garrafa.

— Eu achava que estava testando a montanha, mas era ela que estava me testando.

Ficamos em silêncio por um tempo.

— Valeu a pena? — perguntei.

Ele apertou o cigarro entre os dedos.

— Valeu.

— Por quê?

Ele me olhou. E, então, sorriu de leve, de modo quase imperceptível.

— Porque a montanha sempre devolve.

A frase ficou no ar, pairando entre nós.

— Pai?

— Hum?

— Como a gente sabe quando uma nuvem ardente está vindo?

Ele ergueu as sobrancelhas. Depois, balançou a cabeça, como se eu tivesse errado a pergunta.

— Esta não é a pergunta certa.

— Então qual é?

Ele segurou o olhar.

— O que você vai fazer quando isso acontecer.

Olhei para o céu e, por um instante, a fumaça do cigarro de meu pai subia como antes — leve, espiralada — até se dissolver na nuvem densa que escapava do vulcão.

Eu permaneci imóvel, as costas pressionadas contra a rocha vulcânica fria. O mundo havia se tornado leve, meu corpo nada mais do que um pensamento distante, algo remoto, sem importância. Minha perna estava quebrada. Isso eu sabia. Mas a dor agora se esvaía, sobreposta por outra coisa, algo mais profundo, mais denso. Um silêncio se instalava dentro de mim, como se a montanha tivesse me engolido por inteiro.

O céu acima girava, espesso, com a fumaça que subia. Ela escalava lenta, deliberada, enrolando-se em si mesma, espalhando-se para fora, em uma vastidão escura.

A nuvem ardente se formava, arrastando os céus consigo. O ar havia mudado. Estava denso agora, vibrante, carregado de algo definitivo. O cheiro de enxofre grudava na minha língua, poeira quente, assentando-se na minha garganta. Tossi, mas o som foi pequeno, engolido pela imensidão ao meu redor.

Olhei além da fumaça, para a trilha por onde deveríamos passar para chegar ao cume. O homem já devia estar longe, descendo, rápido, a encosta, deixando-me para trás. Isso era bom. Era como deveria ser. O pensamento não trouxe medo nem tristeza. Era apenas um pensamento, passando por mim como o vento.

Tudo havia me levado até ali. Cada passo, cada escolha, cada momento de hesitação. A voz do meu pai voltou, vinda de anos atrás, envolta em fumaça de cigarro.

O que você vai fazer quando isso acontecer?

Nunca entendi o que isso significava. Não, de verdade. Mas, ali, no limiar, acho que, finalmente, entendi. Vim em busca de algo — prova, talvez, ou significado. E, no fim, a montanha me despiu de tudo, me esculpiu, como o vento esculpe a pedra, até que restasse apenas a verdade.

O chão estremeceu sob mim, um lamento baixo, subindo das entranhas da terra. A nuvem estava mais próxima agora, revolvendo-se, imensa, devorando o céu. Eu podia ver o fogo dentro dela, lampejos de rocha incandescente sendo arremessados para cima, na corrente; o ar curvando-se sob o calor. Era uma coisa bela, à sua maneira. Indiferente. Absoluta.

Meus dedos se enroscaram contra a terra, cravando-se na cinza. Eu ainda podia sentir — isso me surpreendeu. Pensei na jornada, na escalada, nas noites frias passadas, traçando o contorno do vulcão contra as estrelas. Pensei nas histórias, nos avisos, nos que vieram antes e nunca retornaram. E pensei em mim mesmo, no homem que fui antes da ascensão, antes da queda. Um homem que precisava provar algo. Mas, agora? Agora eu era apenas um homem no fim de algo. E talvez isso fosse o suficiente.

O chão estremeceu outra vez. A nuvem estava sobre mim agora, girando, devorando o céu. Eu podia sentir o calor, o pulso dele, pressionando minha pele; estava dentro de mim, também, o mesmo fogo. A mesma fome. Não era medo o que eu sentia. Nem arrependimento. Nem desejo. Apenas o peso do momento. Apenas a certeza do vulcão.

E, então, na quietude, bem na beira do fogo, eu vi.

Pequena. Verde. Viva.

Uma flor, brotando da terra queimada. Frágil. Impossível. Mas ali.

Meus dedos se afrouxaram, libertando a terra. Fechei os olhos.

Ela não deveria estar ali. Eu também não. Mas estávamos.

A montanha sempre devolve.

PROFUNDOS
(ESTUDO DE PERSONAGEM)

O barco era feito de madeira, assim como todos os outros ancorados na lagoa. Na parte traseira da embarcação, ficava o quarto de sua mãe, que se abria para a sala onde costumavam comer. E, logo na ponta, espremido, onde o barco se estreitava, ficava o quarto que ele dividia com seu avô. Lá, ainda usavam camas, apesar de saberem que muitos em Terra Dormente já as haviam abandonado. Era o décimo oitavo ano da Era Lux e, a essa altura, qualquer costume que relembrasse os tempos em que havia noite era tido como antiquado ou, simplesmente, não servia mais. Afinal, por que camas, se não podiam dormir? Por que quartos, se não ficavam sozinhos? Bem, ao menos não fisicamente. Ao longo desses dezoito anos, a solidão era tudo o que ele sentia, não tanto por não ter amigos — embora não os tivesse —, mas sim por conta da infinidade de perguntas que moravam em sua cabeça e não encontravam respostas na cabeça de mais ninguém. Mas ele tinha seu avô, que, apesar de velho, ainda sabia viver. Seus olhos, emoldurados pela grossa sobrancelha, eram mais vivos do que todos os olhos que ele já tinha visto. Sua pele, marcada pelo sol, lembrava-lhe um livro antigo, cheio de marcas e linhas que tentavam contar alguma história.

Tropos, você deve largar essas histórias de querer recobrar a noite. Por mais romântico que isso pareça ser, pode acabar destruindo sua vida.

Seu avô tinha medo de que suas histórias o influenciassem e que ele fosse capaz de desafiar Diana, porém, ao mesmo tempo, tinha um prazer enorme em contá-las.

Mas, vô, eu não quero recobrá-la. Eu apenas gosto de escutar as histórias que você me conta sobre o novo mundo, sobre a vovó...

Falar sobre sua avó era o melhor truque de todos. Desde que despertaram na Era Lux, ela não acordou. Seu avô dizia que era por conta de sua bondade. Ela era cantora, algo que agora não existe mais. E, apesar de não saber muito bem o que significava ser uma cantora, ele tinha alguma ideia, pelo tanto de vezes que seu avô lhe contara.

Sua avó era linda, Tropos. Ela fazia uma coisa que ninguém mais pode fazer, e sabe por quê? Porque precisamos do silêncio para que a música exista.

Eram sempre as mesmas histórias, mas ele poderia escutá-las por horas.

Ande, me conte logo como funcionava essa tal de música, ele insistia.

Então, seu avô continuava:

Sua voz parecia com o vento e caminhava como as ondas que se formam quando o vento bate em Profundos. Era bonito de sentir. Ela soprava o silêncio e, em poucos instantes, assistíamos a uma dança do vento do mundo com o vento dela.

Seu avô dizia que, quando sua avó não acordou, ele pensou em ir embora também. Mas ficou por ali, porque sentiu alguma coisa quando viu Tropos nascer. Ele era bondoso como ela, mas sabia que havia coisas ruins no mundo também. Nunca falara que tinha medo de Diana. Ele costumava dizer que tudo o que é ruim é bom também; e, por isso mesmo, acreditava que, se havia sol no mundo, deveria haver noite em algum lugar. Era só aprender a ver. Tropos acreditava em tudo o que ele dizia, mas, nesse caso, tinha dificuldade em entender.

E como era o céu naquela época?

Engatar um assunto no outro era outro de seus truques. Assim, impedia que seu avô ficasse sensível, enquanto lembrava do passado. Sua mãe dizia que ele já estava velho demais e que era prudente evitar deixá-lo emocionado.

Quando Nocta ainda era viva, isso bem antes da grande guerra, ela enfeitava o céu de estrelas, que eram como se fossem vários pequenos sóis, mas tão miúdos que brilhavam ainda mais — e, mesmo assim, não nos esquentavam. Em seguida, fechávamos os olhos e, se a pessoa tivesse sorte, ela nos visitava e contava histórias que só terminavam quando o sol nascia outra vez.

Ele não tinha ideia de como era ver o sol nascer, mas deixava a calejada voz de seu avô guiá-lo para bem longe da realidade em que viviam.

Quando ele nascia, tingia todo o céu com cores claras, um amarelo-branco que esquentava, vagarosamente, tudo o que tocava, tirando a umidade fria do sereno como um abraço. E, então, ele se levantava, preguiçosamente, até chegar ao centro do mundo. Quando estava de bom humor, deixava tudo em volta azul; às vezes, pintava o céu todo de branco e desenhava coisas bonitas ao seu redor. Já pela tarde, ele começava a descer de seu pedestal e convidava a noite para o mais lindo espetáculo. Os dois, se misturando, jorravam cores por todos os cantos: tons de laranja, vermelho, roxo, rosa... até que ele se retirava por completo e, como despedida, deixava um rastro luminoso no céu, como se presenteasse a lua com o mais lindo colar. Uma vez que ele se recolhia, descansando por trás de alguma montanha qualquer, a noite chegava, nossa pele se estremecia, os olhos começavam a pesar e, em alguns dias, o silêncio era tão grande que podíamos escutar os peixes pulando no grande mar...

Hipnotizado pelas imagens que brotavam em sua cabeça, Tropos ia longe, percorrendo os lugares do novo mundo e se preparando para um mergulho gelado no grande mar. Mas seu barato foi cortado, assim que sua mãe pisou no barco.

— Outra vez estas histórias? Já não basta ele ser diferente de todos? Se você continuar o enchendo com estas ideias, ele vai acabar como o pai.

Sua mãe, apesar de amável, tornara-se, com o tempo, um rascunho de tudo o que poderia ter sido. Ela já não tinha muita vontade de viver e esperava, sentada, o dia em que seu marido retornaria, mesmo sabendo que esse dia jamais chegaria. Tropos ainda era muito pequeno, quando seu pai se mudou, de vez, para a Pequena Cidade. Sua mãe dizia que ele não fora forte o suficiente para aguentar as regras de Diana. Já Tropos, desconfiava que seu pai fosse um Nocturno; por isso, sua mãe evitava falar sobre ele. Não por desgosto ou algo do gênero, mas sim por medo. A essa altura, já estava mais do que claro que ele também era um deles. Ser um Nocturno não era algo que as mães costumavam desejar a seus filhos. Nocturnos eram vistos como aberrações, marginalizados, por todos, pelo fato de ainda acreditarem na noite. Para um Nocturno nascido em Profundos, a vida reservava apenas dois destinos: esconder-se por trás de máscaras, misturando-se às multidões, ou a Pequena Cidade. Mas esse era um assunto proibido entre eles, o que só alimentava, a cada dia mais, a curiosidade do garoto. Percebendo que o assunto chegara ao fim, Tropos desconversou e sugeriu ao avô que fossem pescar.

Deixando a mãe na parte baixa do barco, seguiram para a proa, onde tinham mais privacidade. Por conta da idade avançada, agora era Tropos quem carregava os equipamentos de pesca. Porém nem sempre fora assim; desde pequeno, seu avô o ensinara a pescar, como era de costume em Profundos. Por estarem no último e sexto círculo de Terra Dormente, fincados sobre uma lagoa que se formava a partir do desembocar do rio Nocta (e proibidos de navegar por ela), a pesca ainda era permitida, mas desde que fosse feita de seus barcos. Jamais, sob hipótese alguma, mergulhando na lagoa. Entrar na lagoa era permitido apenas para se locomover entre os barcos ou, então, para aqueles que debandavam para a Pequena Cidade. Mesmo assim, uma vez submersos, deveriam deixar a cabeça sempre na superfície, evitando encontrar a escuridão que se fazia nos lugares onde o sol não conseguia invadir. Tropos esperou que seu avô se ajeitasse, retirou o arpão da sacola de equipamentos e, antes de lançá-lo, pensou no que poderia existir no fundo da lagoa. Dentre todas as perguntas que sufocavam sua mente, essa era talvez a que mais lhe atormentava.

Um dia, ainda vou mergulhar nessa lagoa — pensou, sem perceber que falava em voz alta.

O velho sentiu os pelos de sua nuca se arrepiarem, mas sabia que já não era possível escapar das provocações que o garoto fazia. Afinal, passaram-se dezoito anos desde seu nascimento, e era certo que, em algum momento, suas perguntas seriam respondidas, fosse por ele ou pelo tempo.

— Vamos, deixe de bobagem e atire seu arpão. Quero ver se é capaz de pescar um peixe grande o suficiente para alimentar a nós três, de preferência um ré menor! Caso consiga, eu te conto a história de seu pai.

Em Profundos, pescava-se de duas maneiras. A primeira e mais comum se dava com o auxílio de redes; dessa forma, era possível capturar os peixes da primeira linha e da segunda linha da lagoa, que, por serem tocados pela luz do sol, eram tidos como menos nobres. A partir da terceira linha, só se pescava com arpão. Ali, onde o sol já não conseguia chegar, estava uma infinidade de animais, como o ré menor, o graúdo e couraçado peixe que seu avô havia mencionado. Esse tipo de pesca era considerado difícil por todos; diferente da rede, pois só se captura um peixe por vez. Os arpões, grandes e pesados, levavam, numa extremidade, uma lança. E, na outra extremidade, havia um orifício por onde passava a corda, responsável por recolher o animal de volta ao barco. Eles deveriam ser segurados com as duas mãos, enquanto o pescador se posicionava contra o sol — a fim de enxergar melhor — e, quando a presa perfeita estivesse na mira, o arpão era lançado à água.

Se o arremesso fosse feito com força e precisão, a ponta afiada rasgava o peixe, imobilizando-o ainda vivo, para que fosse recolhido de volta ao barco. Se fosse um arremesso medroso, o peixe escapava e começava tudo outra vez. Neste dia, todos os arremessos de Tropos foram medrosos, e ele se agitava, cada vez mais, com a ideia de decepcionar o avô e perder a chance de encontrar, pelo menos, alguma resposta no mar infindável de perguntas que o torturava.

— Tudo tem o tempo certo — o avô dizia, tentando acalmar o garoto, em vão.

Tropos puxou o ar, com a boca, como se fosse engolir o mundo, e lançou seu arpão novamente. Enquanto assistia ao objeto planar, feito uma ave, pelos ares, pensou nas respostas que teria, caso conseguisse pescar o maldito peixe — e sentiu um certo desconforto. Ao mesmo tempo que as buscava, insaciavelmente, no tempo eterno de suas perguntas ele era menos sozinho. Confinado em seus pensamentos, ele era o maior herói de Terra Dormente. Havia encontrado Troden, recobrado a noite, feito amor com Nocta e dançado sob as estrelas, rodeado de amigos que agora bradavam seu nome com orgulho e admiração. Suspenso no instante das possibilidades, tudo era real, e Tropos sabotava o futuro, para que pudesse viver preso naquele instante. Da mesma maneira que fazia com o peixe que agora tentava pescar.

O arpão aterrissou na água e desapareceu no infinito da lagoa. Por alguns segundos, o peso da expectativa parecia querer afundar o barco onde estavam, mas, ao puxar o arpão de volta para si, Tropos notou que ele estava vazio. Sentindo a frustração de seu neto, o velho pegou o arpão de sua mão, virou-se contra o sol e, sem nem olhar para a água, o arremessou com toda a calma do mundo. Ele voou por cerca de dois metros e mergulhou na água suavemente, cortando a primeira camada da lagoa como prata líquida. Reapareceu na superfície, a poucos metros de onde adentrara segundos antes, trazendo, em sua ponta — ainda se movendo —, um ré menor violeta, brilhante e graúdo, como havia previsto. Sem acreditar no que via, o garoto chacoalhou a cabeça e, num tom irritado, deixou escapar sua indignação.

— Como pode um velho, como o senhor, pescar um ré menor sem fazer o mínimo esforço, e eu não conseguir nem sequer um peixe da primeira linha?

Tropos nunca havia o chamado de velho; por isso, ele riu quando escutou o que o garoto dizia, deixando o clima entre eles um pouco menos tenso.

— No que estava pensando enquanto lançava seu arpão? — perguntou o avô, com sinceridade.

— Oras, no de sempre: o ângulo do braço, a força que iria depositar, para onde soprava o vento... Enfim, em todas as coisas que o senhor me ensinou.

— E no peixe, você pensou nele?

— Por que eu pensaria no peixe?

— Veja, para conseguirmos as coisas que queremos, precisamos, primeiro, acreditar de verdade que elas existam. Como você haveria de pegar um ré menor se nem sequer acredita que ele existe?

— Que conversa é essa? É claro que eu acredito no peixe, olha aqui — Tropos pegou o ré menor com as mãos e o balançou no ar.

— Acho que você não está entendendo. O peixe que você vê no meu arpão existe para mim, para você e para todos os outros. Para alguns, ele simboliza nobreza; para outros, comida; para outros tantos, habilidade. Mas o peixe que eu vejo antes de lançar o arpão, esse peixe é só meu.

— De verdade, eu não consigo entender aonde quer chegar.

— Pense comigo: antes de estar no meu arpão, ele não era nada, nem sequer um peixe. Entende? Ele era apenas um pensamento em minha cabeça. E, para isso, temos um nome, Tropos. Quando acreditamos em todas as coisas que não vemos, costumamos dizer que temos fé. Ela é o peixe antes de tocar a flecha, o amor de uma mulher ou o sabor que sentimos na boca, mesmo quando ela está vazia. Ela é o caminho e o destino final. E é pela falta dela que você não consegue responder a suas perguntas.

Tropos nunca tinha visto seu avô tão sério. Ele sentia que o velho compartilhara com ele um segredo jamais contado; mas ainda não conseguia entender o que queria dizer de verdade.

— Mas, se, para obter respostas, tudo o que devemos fazer é imaginar as respostas, por que meu pai acabou na Pequena Cidade?

Ele sempre dava um jeito de levar a conversa para o pai. O medo que sentia de terminar como ele era quase uma obsessão.

— Porque seu pai nunca acreditou nas coisas que não podia ver. Assim como a maioria das pessoas que vivem na Era Lux e se cegam para o que há de mais belo no mundo: tudo o que é invisível aos olhos. Por exemplo, consegue ver o amor que sua mãe sente por você?

— Claro, posso notá-lo quando ela cozinha sopa para mim, ou quando assistimos juntos ao mudar do rio.

— Mas isso são fatos, ações de sua mãe que te fazem sentir amado. Porém, o amor, você consegue vê-lo?

— Não, mas eu posso senti-lo.

— Exatamente, isso é a fé. E, se a temos, não precisamos de todas as respostas.

O avô esticou os braços, girou em torno de si próprio e anunciou o nome de um peixe. Jogou sua lança, agora com mais força ainda, de modo que, ao aterrissar na água, perfurou o dito peixe por inteiro.

— Vamos, agora é sua vez — disse o avô, confiante.

— Espera, vamos esperar o vento passar.

— Tropo, sem pensar, sem técnica, sem elaborações. Jogue sua maldita lança.

Ele jogou o arpão, que subiu bravamente ao céu, mirando o sol e, conforme perdia sua força, foi se envergando até encontrar a lagoa. Dessa vez, ao invés de se perder no instante suspenso, Tropos pensou no peixe que queria pegar. Ele não existia; era dourado (como o sol) e tinha listras alaranjadas (que reluziam como os raios do sol). Era grande, bonito e poderia alimentar uma família inteira. O arpão mergulhou na água e submergiu sem peixe em sua ponta. Nem mesmo um maldito plâncton.

— Mas que diabos! Se eu tivesse esperado o vento, tenho certeza de que pegaria o maldito peixe.

— Você pensou no peixe?

— Outra vez essa história? É claro que pensei.

— E de que espécie ele era?

— Nenhuma das que conhecemos.

— E como ele era?

— Dourado, feito o sol, e gordo o suficiente para alimentar uma família toda.

— Nunca vi um peixe assim.

— Eu também não, mas tenho certeza de que ele existe.

— Por quê?

— Porque eu o vi! Perfeitamente, nadando na lagoa com seus raios reluzentes.

O avô sorriu, desta vez um sorriso mais largo ainda do que o primeiro. Abraçou Tropos pelo ombro e, já recolhendo seus equipamentos, disse:

— Vamos, por hoje é só. Acho que temos tudo...

O avô e o garoto ainda assistiram ao rio trocar de curso e, ao calor do sol, produzir uma espessa neblina que escondia as linhas do horizonte, transformando a lagoa em um enorme espelho que refletia o céu. O silêncio que faziam só era interrompido pelo barulho opressivo do exército do sol, que retornava ao ponto de observação. Era assim que chamavam a enorme escuna que ficava atracada bem no meio da lagoa e de onde podiam controlar a todos. Era sabido que, quando os soldados voltavam à escuna, era hora de comer. Eles desceram para a parte baixa da embarcação e se sentaram à mesa, onde uma sopa fria os esperava. Assim que levou a primeira colherada à boca, Tropos sentiu todo o amor de sua mãe, olhou para ela carinhosamente e perguntou:

— Mãe, você já viu algum peixe dourado?

— Não existe peixe dourado — ela retrucou, sem pensar duas vezes.

Tropos e seu avô se entreolharam; dessa vez, sem dizer nada. O velho piscou em sua direção e seguiu para o quarto.

FONTE Adobe Caslon Pro, Bodega Serif
PAPEL Pólen Bold 80g/m²
IMPRESSÃO Paym

FSC
www.fsc.org
MISTO
Papel produzido
a partir de
fontes responsáveis
FSC® C133282